王鼎钧作品系列

人生四书·之四

王鼎钧

随缘破密

生活·读书·新知 三联书店

Simplified Chinese Copyright © 2020 by SDX Joint Publishing Company.
All Rights Reserved.
本作品简体中文版权由生活·读书·新知三联书店所有。
未经许可,不得翻印。禁止重制、转载、摘录、改写等侵权行为。

图书在版编目(CIP)数据

随缘破密/王鼎钧著.—北京:生活·读书·新知三联书店,
2020.8 (2025.4 重印)
(王鼎钧作品系列)
ISBN 978-7-108-06819-4

Ⅰ.①随… Ⅱ.①王… Ⅲ.①人生哲学-通俗读物
Ⅳ.① I267

中国版本图书馆 CIP 数据核字(2020)第 080626 号

责任编辑	饶淑荣
装帧设计	张 红 康 健
责任校对	曹忠苓
责任印制	董 欢
出版发行	生活·讀書·新知 三联书店
	(北京市东城区美术馆东街 22 号 100010)
网 址	www.sdxjpc.com
图 字	01-2017-7020
经 销	新华书店
印 刷	河北鹏润印刷有限公司
版 次	2020 年 8 月北京第 1 版
	2025 年 4 月北京第 5 次印刷
开 本	787 毫米 × 1092 毫米 1/32 印张 9.125
字 数	116 千字
印 数	17,001-20,000 册
定 价	39.00 元

(印装查询:01064002715;邮购查询:01084010542)

目 录

自序 _ 01

四个国王的故事 _ 001
道德的傧相 _ 016
脂粉比血肉美丽？ _ 035
某种游戏 _ 052
怕麻烦的人没有前途 _ 069
一种可以选择的命运 _ 080
火车时间表的奥妙 _ 095
是虚线还是绊马索？ _ 102
功臣与奴才 _ 116
是以君子恶居下游 _ 130
故事里套着故事 _ 141

墙后的跷跷板 _ 153

半截故事 _ 166

鸟儿、虫儿、人儿 _ 178

我将如何 _ 195

王鼎钧自述 _ 212

附录一：世路难行也不得不行　亮轩 _ 213

附录二：撒向人间都是爱　胡小林　杨传珍 _ 223

附录三：冷峻哲思下的人性解码　黄雅莉 _ 233

自序

这本书是一九八九年写的,当时没有出版,大部分文章也没有发表,现在是否可以面世,也还有些犹疑。

一九八九年我写这些文章,不时想到牛顿。牛顿当年戒慎恐惧,认为他在物理学方面某些重大的发现得自天机,他无权泄露,他死后,才由他的朋友整理发表。予何人斯,居然也有类似的设想,未免过分自我膨胀。现在这么一想,就放开了。

此书终于出版,我不想多说,只叮嘱一句:如果你买了这本书,别让你的老板知道。

是为序。

四个国王的故事

——世上没有不穿衣服的国王

第一个国王

祝你生日快乐

王子年满十八岁的那天,收到国王赐下的生日礼物:一辆灵便的马车加上两匹俊美的小马。

王子非常喜欢这两匹骏驹,上前抚摸了,拥抱了,甚至亲吻了,然后问:"这两匹马叫什么名字?"

国王说:"它们一个叫天使,一个叫魔鬼。"

王子笑了,用天使和魔鬼驾车,多么有趣!他上了车亲手扬起了鞭子。

第二年,王子十九岁。他从郊外驾车回来,心中一动,想起一个问题。

"我的马,为什么一个叫天使,一个叫魔鬼?"

慈祥的国王柔声回答:"孩子,你将来要做国王,你需要天使为你服务,也需要魔鬼为你服务。"

一年又过去了,现在王子喜欢思索比较艰深的问题,有一天,他问他的父亲:"我既用魔鬼服务,又用天使服务,我自己是天使还是魔鬼?"

国王回答他:"你既不是天使,又不是魔鬼,你是神。"

王子大惑不解:"我怎么是神?"

国王的声音更慈祥更温柔了:"孩子,能说的我都说了,其余的,愿上天启示你!"

第一个故事的注解

我们常常听见有人非常愤慨地说:"道德不能使你成功,道德不能使你胜利。上帝站在大奸大恶的人那一边。残酷打败慈善,最残酷又打败残酷。诡诈打败诚实，极诡诈又打败诡诈。"

不是的，不是这个样子，你看，这就是"偏激"，历来偏激的人很难成功。成大功立大业的人，例如国王，他固然不能完全拘守道德，可是他也不能完全违反道德，彻底反德纵能一时成功，最后仍要失败。

对一个国王来说，他需要的是"道德与不道德相互为用"。

有很多文章很多书籍分析伟人是怎样成功的。书中说，伟人必须大公大信大仁大勇。但是书中又说，伟人成功立业守成，使出了多少权术谋略机变。这种矛盾使人困惑。我想那些著作者再多写一句就统一了——伟人坐着天使与魔鬼并驾的马车。

古人说"忘战必亡"，又说"好战必危"，全看怎样做得恰好。道德问题也是一样，必须有道德，也必须敢于不考虑道德。"无德必亡。唯德必危。"

圣人法天——效法大自然，从人的角度看，大自然是道德的，也是不道德的。"雷霆与雨露，一样是天心。"这位诗人指出了二者的矛盾统一。讴歌自然的人只看到大自然的一面,例如美景良辰;推崇文明的人也只看到自然的另一面,例如水旱瘟疫。只有"圣人",他两面都看见了!

盗有道,道亦有盗。成事者必有一德,也或有一恶。

或曰,像足球篮球这样激烈的比赛,从来没有一个球队,完全无人犯规,结果赢得冠军。此话当真?当真。果然?果然。那么告诉你,也从来没有一个球队,完全违反规则,结果也赢得了冠军。

第二个国王

好人不知亡国恨

从前有一位圣者率领门徒出国考察,来到某个地方,这地方本是一个国家的首都,可是这个国家早已灭亡了。

这位圣者是研究兴亡治乱的专家,他立即展开调查访问。他向一个年纪最大阅历最多的人请教:"贵国为什么会灭亡?"

老者摇头,叹息。

圣者在一旁温良恭俭让地等着。

弟子们在圣者背后肃立着。

良久,那老者说:"亡国的原因是:国君用人只肯任用道德君子。"

群弟子愕然。

圣者非礼勿言,非礼勿动,仍然"温良恭俭让"。

良久,那老者慢吞吞地说:"好人没办法对付坏人。"

第二个故事的注解

道德只宜律己,难以治人。道德的效果在感化,但是人的品流太复杂,每个人的动机太复杂,不感无化待如何?感而不化又待如何?

"风俗之厚薄,系乎一二人心之所向。"这句话很含混,倘若落实到"一家让,一国兴让",你我都可以大胆地说一声"未必"。

坏人要用坏招儿来对付(有时候)。以大坏对付小坏,以假坏对付真坏。所以朝中要有坏人。

而且坏人也能做好事,好人不能做坏事,所以坏人用处大(从国君的角度看)。

孔子凄凄惶惶,不论哪个国家都待不下去,是因为他自己是天使,他不能忍受与魔鬼并列。车子要两匹马才拉得动,坐车的人没法子只用一匹马。

孔子好像始终没有发现自己的弱点,荀子旁观者清,高声主张"敬小人"。他的意思是,对贤人,用尊敬的心情敬他,对小人,用畏惧的心情敬他。对贤人,用亲近的心情敬他,对小人,用疏远的心情敬他。他提出警告:"不敬小人,等于玩虎。"

一只麒麟对一群怒虎,请问后事如何?

第三个国王

搬石头砸脚记

某国国王一向重视干部,爱惜人才。他对宰相说,历来政治干部都是拿着儒家的教材自修而成,闭门造车而出门合辙。现在我要更进一步,我要成立训练机构造就俊杰,培养忠贞。

训练班成立了,济济多士,国王每隔十天亲自前往训话,讲的是三皇五帝、四维八德。一年期满,学员结业,国王亲自颁发毕业证书,吩咐吏部安排工作。

国王还召见了以第一名成绩毕业的学员,此人现年二十五岁,面如冠玉,唇若丹朱,思虑单纯,心地善良。各科考卷他都考了满分,并且,他把国王的每一次训话都一字不漏记下来,口诵心惟,念兹在兹。国王一见之下龙心大悦,印象深刻。

大家称这个学员为状元。状元到了吏部,工作十分努力，但是不久他与上级因官吏考绩问题发生争执，他认为上级行事违反了国王的训示。国王说："他在吏部人地不宜，调他到户部去吧。"

他在户部干了几年，年年因赋税公平问题面见户部尚书，引用国王在训练班讲过的话，坚持要改变现状，使尚书极感困扰。国王知道了，就把这个得意门生又调到工部。

他在工部干了几年，洞察利弊得失，一口气举发了六件工程舞弊案、三件工程设计错误案。工部尚书吓坏了，以为国王派人来找麻烦，连忙磕头辞职。国王慰留工部尚书，把状元调到兵部。

就这样，他六部的事都干过，他也四十多岁了，可以说一事无成。终于有一天，国王又召见了他。

国王还是爱惜他的，用家长的口吻开导他："你的年纪也不小了，经过的历练也够多了，为什么依然处处与人格格不入呢？"

你猜状元怎么说？"陛下，我照着您的话在做啊，这一切都是您教给我的啊。"

你猜国王怎么样？他板起脸孔，从此不理那个状元了。

状元非常苦闷，苦闷得非去算个命不可，他把心里的话都对算命先生说了，最后，他浩然长叹：

"我照着国王的话去做，可是我混不下去！"

算命先生沉默良久，终于告诉他：

"国王他老人家也不能照自己说的那些话去做啊！他如果照着自己的话去做，他老人家也混不下去啊！"

第三个故事的注解

既然"那些话"行不通，国王为什么还要讲？他是在说谎骗人吗？

有人认为"是"，我有不同的意见。国王未必能居仁由义，但是他必须谈仁说义，这是受文化规范，看出文化有伟大的力量。

咱们的文化，给成功的人架了个框框，做成这个框框的材料就是道德。不管你手上有多少血,或是你口袋里有多少肮脏钱,最后得钻进这个框框,才成正果。

钻框框的人得先有个"入围"的资格,就是所谓"成功",要挣到这个资格却不能依赖道德。他在奋斗过程中"不拘一格",成功了再"入格"。甚至,入格后有了重大问题临时"出格",问题解决又回到格子里。唐太宗登基前发动"夺门之变",杀死两个哥哥,是谓"出格",得位后创造"贞观之治",是谓"入格"。香港颇有人以走私贩毒起家,当然是"出格",但晚年富贵后捐巨款创办各种公益事业,则又安然"入格"了。

正因为有"入格"这一关,所以"出格"时只能立功不能立言。咱们中华文化也优容这些人,奖励他们"入格",只要"入格",以前的种种"出格"都予以隐讳或谅解,成功的人总希望自己有一篇像样的墓志铭,总希望子孙有个像样的祖先,所以甘愿"蝉蜕"。而且阴德果报之说也还能影响人心,尤其能影响老人。这是中华文化降伏强人的唯一法宝。

说起道德,有人认为道德是虎,可以替他先行开路,他跟在后面应当无往不利。事实正好相反,道德不能自己走路,得有"人"冲锋陷阵为它开拓空间。这个"人"并不是寻常人。因此,"侯之门仁义存",偷一条铁路的人跟偷一条面包的人毕竟有区别。

国王,各式各样的王,坐着天使和魔鬼并驾的车,跋涉长途,最后到达"成功"旅馆,进入"道德"套房,是一种理想的人生。

当然,也有人活到九十岁到底不能"入格",古代有这样的皇帝,现代有这样的老板。

这样的人,我们只能说不长进,没出息。

第四个国王

国王是人生的一个角度

天气很好,国王决定到花园里走走。

他一动身,嫔妃和侍卫成群跟在后面。

这是国王专用的花园,照例不许有闲杂人等在内,可是国王看见前面拦路跪着一个人,他似乎跪在那里很久了,侍卫装做没看见他。

国王问左右:"那个人跪在那里干什么?"

侍卫这才大声吆喝:"万岁爷问话啦,还不上前回奏?"

那人的跪姿本来就匍匐在地,听到命令,就势用两掌两膝爬了过来,连连叩头。

"小人受人陷害,求万岁爷救命。"

"你是干什么的?"国王问。

"二十年来,小人一直给万岁爷赶车。"

"你抬起头来。——咦?我从没见过你?"

侍卫听到这句话,故意露出凶恶的面目,喝一声:"你还不快滚?"

那人慌忙起身离开,国王注视那人的背影,若有所思。他命令:"回来!"

国王对左右说:"他的确是我的车夫,我看到他的背才想起来。"

第四个故事的注解

国王的车夫究竟有什么冤屈，我们并不关心，我们要谈的是他的背，国王只认得他的背。

古时马车御者在前，乘者在后，乘者抬眼只见御者的背。乘者既是国王，御者根本不可能回头看车内，这时，他的背远比他的脸重要，在我们的想象中，他一定非常注意衣服后领和头发的整洁，裤子也不会褪色，至于他是否每天三次刷牙，倒不重要。

清朝的官服以顶戴和马蹄袖为特色，这服饰设计的匠心所在，是使居高临下的皇帝看跪伏在地的臣子活像一匹牲口——只差一条尾巴。不需要尾巴，皇帝哪里有机会从背后看他们？

你见过刚刚铸成的铜像没有？这时铜像放置在平地上，头部特别大，孔子或拿破仑都像个傻瓜。铜像根本不是放在地面上由我们"平视"的，是放在高高的基座上供人瞻仰的,那时,由于视线角度的关系,铜像的头部将依比例缩小,所以头部不能依人体正常的比例塑制,必须放大以补足人们视觉上的差误。至于你"平视"时有什么感觉,那就顾不得了。

团体操,团体舞蹈,乐队的"插花演奏",都要从高处俯瞰才好看,队形设计画面组合只注意俯瞰的效果,因为评审委员坐在高台上。较为低矮的席位上有万千观众,他们还是买票进场的呢,可是无法迁就他们。

现在可以谈谈国王用人,国王必须用有才干的人,但是世界上没有完人,"勇者必狠,智者必诈,谋者必忍"。国王只能看见勇者的勇,看不见勇者的狠。智者只让国王看见他的智,不让国王看见他的诈。

谁能看见他的狠、他的诈、他的忍呢?那自然是他的同事,尤其是利害冲突的同事。还有他的朋友,尤其是失去利用价值的朋友。还有,就是老百姓,尤其是无告的百姓。

国王知道不知道他们的狠、忍、诈呢?你说,高台上的评审委员知道不知道地面上的观众看见什么样的队形?雕塑家知道不知道地面上的铜像有个什么样的脑袋?

国王当然知道,除非他是低能弱智的昏君,我们能看到的他都能料到。但是,他也知道那个著名的故事,为了消灭鼠患而养猫,猫吃掉老鼠也吃掉小鸡,就把那小鸡牺牲了吧,就算是对猫的奖励和犒赏吧。

道德的傧相

——傧相,也有画了一张大花脸的

1. 三行绝命诗

大人物的故事不能多说,且说小人物。

台北市在五十年代之末还有很多简陋的房屋,矮矮的房顶,小小的门窗,地上铺着粗糙的水泥。从四乡入城谋食的人多半租这种房子容身,房子虽然狭小,却有自己的门单独出入,很是方便。

话说这天有个男子带着一个少妇前来租屋,晚上两人就同宿在室中。第二天,男子出门去了,不见少妇露面。晚上,另外一个不同的男人来此过夜。

第三天,少妇割腕自杀,幸而被邻人发觉了,

报警急救。这本是很寻常的一条社会新闻,可是那企图自杀的少妇在墙上留下三行新诗:

明天,太阳说他不来了。
他今天从我面前匆匆走过,
我来不及留下自己的影子。

三行绝命诗使这条新闻起了"画龙点睛"式的变化,有两家报纸拿它做了社会版的头条。那年代,政治新闻忌讳多,公式化,国际新闻距离远,大家不关心,报纸锐意搜集犯罪和风化事件,有闻必录,而且挖掘放大。

第二天,新闻追到医院的病房,把她的名字登出来。当夜,护士查房时发现这个自杀遇救的新闻人物不辞而别。她从此失踪了。

2. 一条模糊的线索

那时代,能吟诗的乡村女子不多,她沦落台北,背后一定有故事。新闻记者发愤要把这个故事找出来。

据说这故事的主角,这个少妇,是某县某镇某单位某职员的妻子。各报记者差不多同时得到消息,同时赶到某单位,谁也不甘落后一步。

那是一个大衙门,大观园,所有媒体的记者都来了也不拥挤。大群记者把某单位的主管围在中间,要他说出某职员的住址,主管矢口否认,坚持本单位没有这个人。双方由中午僵持到下午,记者们只好怏怏离去。

可是,有一个人,一个记者,他在走廊上静观,他没有逼问主管,他也不走。

他人散尽,这唯一剩下来的记者伸手拦住了送递公文的小妹,小妹捧着一大叠卷宗,在各办公室之间行走,穿梭经过走廊。那记者向前一步,在小妹胸前的卷宗上放了一张钞票。

"你有什么事吗?"小妹不慌不忙,她显然见惯不惊。

记者问某某人住在哪里,小妹一笑。"你可不能说是我告诉你的哟!"她抓起钞票,握在手掌心里。

3. 第一个谎言

记者找到了那个地址,大门紧闭,加一把牢牢的大锁,敲了半天门,也没个回应,看来像是一座空屋。

那记者在门外路旁踱来踱去,踱到一个香烟摊旁边,买了一包上等好烟,先敬一支给卖烟的老头儿。

老头儿注意他很久了。这时他问:"您找人?"

"我来找×××,他家怎么没人?"

老头儿一惊:"你不是新闻记者吧?"

"新闻记者?我是规规矩矩的人,怎么会干那些伤天害理的事!"记者慨然。

"真是伤天害理,搞得人家快要家破人亡了。——你找他有事?"老头儿放松了戒备。

"我是孩子的舅舅,看报知道他家出了事,老远跑来,没想到见不着。——他能到哪里去呢?"

"是啊,他能到哪里去?他走到哪里都有人指指点点,何况他还有两个孩子!他只有整天躲在家里。今天你这位舅爷来了,那是再好也没有,他现在只有靠你了。"老头儿很愉快,他有机会做一件好事。"你到右边第二家,找一位何太太。何太太每天替他买菜,门是何太太替他锁的,钥匙也在她手里。"

4. 第二个谎言

何太太正戴着眼镜低头看报,听见有人喊她。

"你怎知道我是何太太?"她疑惑地望着这个陌生男子。

"我姐夫写信告诉我的。"记者伸手向左一指。

何太太立即发挥她的想象力。他是你姐夫?他写信叫你来?你也看见报上的新闻了?——唉!

记者顺势迎上去。这几天多亏何太太照顾。俗语说千金买屋,万金买邻,真是一点不假。多亏有你这位好邻居!

何太太非常快乐。当她听见对方说:"我姐夫信上说你有他家的钥匙",毫不怀疑也毫不迟疑。"这钥匙,我是皇帝来了也不给的,你是他家舅爷,当然不一样啦!"

5. 第三个谎言

轻轻打开大门,通过小小的院子,进入起坐室,只见一个两眼失神的男子,坐在藤椅上,上身披着中山装,下面穿着睡裤,一个流着口涎露着屁股的婴儿在他脚前爬来爬去,啃咬他脚下的木屐。

陌生人闯入,惊得那男子跳起来:"你是什么人?"

"我是新闻记者。"回答得坦率。

"你滚!你滚出去!"男子羞怒交加。

"我是记者,可是,我不是来采访的,我来帮你的忙。"

男子愕然。你来帮我的忙?你能帮我什么忙?

记者说,我们同病相怜!他说,五年前,他的太太跟人家跑了,也被人家骗了,流落在外,至今去向不明。记者的口吻非常诚恳。

记者对那男子说,我那时恨死了她。我知道她在外面走投无路,也不去帮她。我知道她后悔了,也不给她一个机会,孩子哭着要妈妈,我就打孩子。我恨不得她在外面冻死饿死。我恨不得亲手把她杀死。我宁愿她在外面做小偷做婊子。这是五年前的事情,这件事情我一直想了五年。五年的粮食不是白吃的,我有经验,现在我知道这件事应该怎么处理!

男子默然,他递过来一支烟,又去泡了一壶茶。

6.你有全家合照的相片吗?

轮到那男子诚恳了。"依老兄看,我该怎么办?"

五年前,我也不知道怎么办。现在我知道了,宽宏大量,既往不咎,让她回家!

让她回家?

你可以不要妻子,孩子不能没有妈妈。

她肯回来?

她可以不要丈夫,不能不要孩子。

我是说,她有脸回来?

只要你包容她,接纳她。对她,你比全世界的人都重要。

男子离座,在小小的起坐间里茫然四顾。不行!她有这个脸,我没有!报上的字这么大,天下人都知道了!

记者微笑。报上天天有这么大的字,可是报上登过的事你记得多少?他们今年记得你,明年还记得不?他们明年记得你,后年还记得不?你们还有三十年四十年夫妻好做哪!

可是这个小镇里头……

你可以搬个家,你可以换个工作,嫂夫人可以换一换发型,只有你们夫妻母子不可以分开。

一番长谈,那男子完全接受了新闻记者的意见。记者说,现在,你亲口对我说你完全原谅她。你要求我,要求一个新闻记者,把你的话写下来,登出来。你说孩子可怜,需要母亲,要她赶快回家。——你有没有全家合拍的照片?

要照片做什么?

我拿去登在报上,她看见照片,还能不赶快奔回来吗!

7. 最后一条诡计

那记者顺利取到照片,起身告辞。他必须赶乘这一班北上的快车,才赶得上报社的发稿时间。

照片和新闻必须明天见报,以防失去时效。问题是那时由采访地到火车站只有长途的公共汽车可乘,其他交通工具都还没有。他必须乘公共汽车到达火车站,接着赶乘北上的快车,不能有一分钟耽搁。

那记者对自己说:"没奈何,我只好用这最后一计了。"

那时记者都有一张"戒严通行证"。他跳上公共汽车,掏出通行证朝司机眼底一晃,低声说:"直开火车站,中途不要停车。"说完,站在司机背后,两眼直瞪着前方,并不就座。

戒严通行证是一张白色的卡片,上端横印一行字:"台湾省警备司令部"。中间直印一行字:"戒严通行证"。两行字呈丁字形。长方形的大印盖在中间,正好把"戒严通行证"五个字压住,再隔一层微微泛黄的塑胶套,这五个字需要仔细看。

司机来不及仔细看,也来不及仔细想,他不知道发生了什么情况,只是为那显赫的名衔所震慑,赶快踩下油门。

全车乘客面色肃然,静待发展。

公车超速直达,一路不停,无人抗议。赶到火车站,那记者一跃而下。公共汽车原路折回,把一车乘客分送到他们原本打算下车的地方。

8.天下岂有白吃的客饭

火车票是来不及买了,好在站务人员认识他,任他闯过收票口上车,上车时又是一跃。分秒不差,火车就在他站定时蠕蠕开动。

找个座位坐下,想在车上把稿子写好,忽然饥肠辘辘,这才想起午饭没吃,晚饭的时间也快错过了。车上有餐饮,可是他口袋里没有钱。那时记者待遇菲薄,入不敷出。我还记得我的同事广播记者王大空曾在办公室自言自语:"中广公司,有本事你饿死我!"

新闻记者交游广阔,乘客中必有熟人。他起身察看,接连穿过三节车厢,但见眼观四面耳听八方的黑社会老大,捧读武侠小说的厅长处长,对花枝招展的随车服务小姐进以游词的总经理,这些人他都认识,但是,说什么也不能向这些人要一个客饭。

最后看到一个同行,另一家报馆的记者,几乎天天跟他抢新闻,此时相见竟觉得分外亲切。新闻记者相识满天下,知心无一人,最后能做朋友的人还是自己的冤家同行,他一把拉住对方:"来,陪我上餐车!"

开门见山,请对方替他要了一客蛋炒饭,埋头大嚼。对方不是泛泛之辈,冷眼观察,不发一言。等到清茶端上来,他开口了:

"我这次出师不利,两手空空,回去简直没法交代。可是看样子你老兄是钓到大鱼了,老朋友嘛,露点口风好不好?"

他只好说他找到了当事人,拿到了照片。

"照片是你独家,你又出了个大风头。我有个不情之请:让我看一看照片,只要五分钟,马上还给你。"

看在蛋炒饭的份上,他答应了。

9. 结局：个个称心如意

第二天打开报纸，那吃蛋炒饭的记者所写的专访图文并茂，纸贵一时，不在话下。

那个出钱买蛋炒饭的记者，也写了一篇访问记，说是他和那痛苦伤心的丈夫谈了两个小时。他有想象力，所以编织了曲折的对话。他看过照片，所以写出了被访问者的容貌神情。他没有照片，只有尽力在文字上表现，有两段对话真要感人下泪呢。

那躲在陋巷里的少妇丢下报纸，直奔车站，满脸是泪。她正为了孩子寝食不安呢，这一脸眼泪不算数，她要回去搂着孩子哭上一天一夜呢。

10. 余波：道德迷思

向送公文的小妹行贿，道德家怎么说？

冒充舅爷打开新闻当事人的大门，道德家怎

么说?

为了采访新闻,自称太太跟人家跑了,道德家怎么说?

他使用戒严通行证冒充治安官员,道德家怎么说?

在我们的想象中,道德重整会理事一定大摇其头,连说:"要不得!世风败坏,人心不古!"

可是最后,一篇专访挽救了一个家庭,感动了启发了千万个家庭,道德家又怎么说?

这时,道德家发现,最后的道德效果,竟然靠前面一连串不道德的行为来支持来酿造,人为了实践道德的目标,竟要靠若干不道德的手段来达成。

这是不是一个孤例?

11. "替死"的原型

不是,不是孤例,德不孤,"不德"亦不孤,自古已然。

今人的故事是不能说的,且说古人。

就说春秋时候吧,晋国的权臣屠岸贾杀了赵朔,灭了赵族。赵朔的妻子是公主,住在宫里,屠岸贾不能杀她,但是,他知道赵朔的妻子怀孕待产,他绝不放过这个孩子。

赵朔的妻子生下一个男婴,由医生装在药箱里带出宫外,屠岸贾得到消息,全面展开搜索,检查一切可疑的男婴,务必斩草除根,断绝赵家的后嗣。

赵朔的遗腹子取名赵武,由赵氏门客公孙杵臼和程婴秘密抚养,以屠岸贾搜查甚急,两人定下一条"替死"之计。他俩先安排一个假赵武,公孙杵臼带着假赵武住在山中,程婴则出面告密。屠岸贾把假赵武杀了,把公孙杵臼也杀了,自以为深谋远虑高枕无忧,却不料程婴悄悄地把真赵武养育成人。故事的结局是:屠岸贾被杀,灭族,赵武继承他父亲的爵禄,做了晋国的大夫。

据《圣经》记载,耶稣降生之日,希律王下了一道残酷的命令，把这一天在伯利恒出生的男婴全部杀死，以阻止"犹太人的王"出现，他以为他成功了，其实耶稣早走了一步。这个"替死"的故事被视为一个原型，衍生脱化出许多作品。

中国那个替死的故事，比耶稣早三四百年。

12.道德——一条华丽的地毯

公孙杵臼和程婴的义烈令人肃然起敬，因之，其中不道德的部分就姑置不论了。

制造一个假赵武去送死，好像无人提出异议。这个假赵武的来历，京戏"搜孤救孤"说是程婴舍子，牺牲了他的与赵武同龄的孩子，这已经发生道德问题。史书则另有说法，谓公孙杵臼"取他人子"冒充赵武。取他人子？怎么个取法？买来的？抢来的？骗来的？你能说这不是罪恶吗？

程婴告密卖友，也是不道德的行为。

孟子曰："行一不义，杀一不辜，而有天下，不为也。"程婴和公孙杵臼如果有这般道德境界，一定救不了赵武。他们为了使故主宗祀不绝，沉冤得雪，也就是为了道德，必须做一些不道德的事情，而且在道德目标的掩护下不受谴责。

这等事可谓史不绝书，如果允许我扩张篇幅，我可以到图书馆抄他个百来万字。

倒也不用抄，读书人随时看得到。

13．"不道德"为道德服务

社会上充满不道德的行为。这些行为，有多少是为道德服务的呢，我们不知道。

恐怕上帝也不知道，所以上帝要到末日才裁判世人。

道德只可律己，所以"忠厚是无用的别名"。有用的人叫"能人"，能人长于使用不道德的方法。"选贤与能"就是两种人都要,"贤者在位、能者在职",是前者指挥后者,前者掌握原则,后者运用技术。

老板所望于部下的,是解决问题的能力,是达到目标的能力。他不是开修道院。

即使是修道院,"盖世太保"来敲门的时候,也要一个会说谎的修女去应付。

世上有好人,有坏人,还有一种"能人",鼎足而三。

生活在今天的世界上,我们还能希求什么呢?只要"不道德"能为道德服务,也就算是盛世了。怕只怕"道德"总是为"不道德"服务。怕只怕道德是技术,是工具,是权宜,是兵不厌诈的那个"诈",是粉饰太平的那盒"粉"。

我们但愿,把"不道德"撕开,露出道德来,我们再也不希望,把道德撕开,露出"不道德"来。

我们曾经见过,不道德的后面还是不道德,……后面还是不道德,……后面还是不道德……最后直通地狱。只要不是这个样子,就好!

大人物，小人物，无非如此。

今人，古人，往往如此。

所以，我们要圆通一些，达观一些。

脂粉比血肉美丽？

即使是最有自信的美女，
也不愿公众看见她化妆

1. 照规格订制德行

隋朝第一代皇帝叫杨坚，他立大儿子杨勇做太子。他的二儿子杨广想"夺宗"，也就是想抢杨勇现在的位子和将来的位子，花了十五年的工夫经营筹谋，费尽苦心。

为了博取父母的好感，杨广建立自己的道德形象。他非常节俭，窗帘帐幔都很朴素，陈旧了也不更换，相形之下，太子杨勇就太奢华了。杨广的府第里虽然也陈设乐器，但是乐器上积满灰尘，琴弦断了也不修理，相形之下，太子杨勇就太喜欢耳目之娱了。那时男人可以"三妻四妾",何况皇子?但是杨广只守着一个萧妃,相形之下,杨勇就太好色了。不仅如此,杨坚兴兵南下灭陈,由杨广为帅,兵入建康,杨广对金银财帛一无所取,只取图籍档案。不仅如此,杨广对人很和善,相形之下,杨勇就太傲慢了。

杨坚夫妇左看右看,觉得帝位应该传给杨广,杨广将来一定是个好皇帝,于是来了个"废立"。杨广如愿以偿,做了太子,成为隋朝第二任皇帝,然而也是隋朝的末代皇帝。

2. 这就是道德的红利?

杨广就是隋炀帝,人人都知道他做了些什么。现在为了前后对照,再一次重温我们的震撼。

杨坚病重,发觉杨广调戏他的爱妃宣华夫人,后悔"废立"之事,杨广立刻派心腹杀死杨坚,并在当晚和宣华夫人同床。

杨广即位后,建造洛阳东都,极尽奢华。又为了乘船游幸而开运河两千里,造龙舟万艘,沿途建离宫四十余所。民工死亡者两百万人。

杨玄感造反,在洛阳开公仓赈济饥民。乱事平定,杨广追究附从者,凡是领取赈米的老百姓也在诛杀之列,一次杀死三万多人。

杨广在洛阳筑西苑,建十六宫院,置宫女千人。又在江都造迷宫,美酒美女,日夜享乐。

3. 生活得像沙盘演练一样

杨广的行为令人费解。乡野父老说,天降杨广以断送隋朝江山。然而天又何苦如此?

人一生中要做许多件事情,这些事情都不孤立,它们遥相呼应,互为因果,因此有"布局""结构"上的问题。越是考虑效果、追求成功的人越讲究这种"布局""结构",对某些人来说,要做一件不道德的事,先要做几件道德的事。

是的,要做一件不道德的事,先要做几件道德的事。金光党骗人钱财从"拾金不昧"着手。金光党不值一提,那些值得谈的事例谈来又诸多不便,只好谈历史人物。历史人物生平大事昭在史册,无人能指为造谣,历史人物也不能起死回生报复对他指指点点的人。

杨广的行为前后对照如此强烈,布局如此严密,效验如此准确,正是这一布局的最佳典范。他已变成一个符号,代表我们耳闻目见的某生某女某公某长。他遗臭万年,使我们在立论时得到许多方便。杨广罪在当代、功在后世。

4.被人遗忘了的邓绥

汉和帝有一宫人,名叫邓绥,很得和帝的宠爱。皇帝越喜欢她,她越谦和柔顺。

例如，皇帝要和她同宿，她总想个法儿推辞，减少皇帝留宿的次数。

例如，宫廷里常常举行宴会，宫中女子个个刻意妆扮，好像参加一次大赛。邓绥却淡妆素抹，尤其避免和皇后穿同色的衣服。

例如，依照宫廷的规例，父母是不许入宫探望女儿的。有一次，邓绥生病，皇帝特准邓母进宫照应，可是邓绥极力推辞，皇帝只好打消此意。

这样贤德的女子，后来怎样了呢？她做了皇后。皇帝死了，她又以太后身份临朝听政。听政的理由是皇帝年纪太小，但是皇帝长大了她仍然把住权力不放。这时，谁敢说皇太后应该归政，那还了得，邓绥把他装进口袋里扑打，活活打死，打死了还不饶，还要派人去察看是真死假死。

5. 穿新裤子的人不肯静坐

邓绥和杨广异曲同工，都是能屈能伸。

"大丈夫能屈能伸"，这句话被人用滥了，也用错了。有人受到压迫，遭到挫折，我们就劝他能屈能伸，用意在"屈"。一个人委曲求全久了，就会放不开，挺不直，上不了台阶、进不了大场面。所以"能屈"不难，"能伸"最难。"尺蠖之屈，以求伸也"，屈不是目标，伸才是目标。这句话的重音应该放在"伸"字上面。

对某些人来说，"屈"是处处遵守道德，"伸"是敢于违反道德。这些人认为仁义忠信都是出于不得已。这些人对规行矩步的人有看法，认为"破袴者恒静坐"，——或者"静坐者恒破袴"。他们自己就是：一旦穿上新裤子，是一定站起来走几步跳一跳的。

"屈"和"伸"都该是行为结构的一部分，"屈"并不是即兴的，下意识的，不是莫之为而为的"性本善"，"伸"也不是小人得志，虐待狂或"好头颅，谁当砍之"那样的自暴自弃。"屈""伸"乃是他们的筚路蓝缕，先难后获。

6．一阔脸就变，所砍头渐多

中国历史上有这么一个人：

他起兵造反，捉到敌人的一个将领，又把那将领释放了。"你为什么不杀我呢？""我希望你把你的部队带过来，咱们一起干。"好，就这么办。可是这个将领假装投降，心里另有计谋。他发现了这个计谋，仍然不杀那个将领，反倒说："人各有志，你不想在我这里，你走吧。"他放掉那个敌人。

他打败了一个强大的敌人，在降卒中挑选了五百精壮骁勇的人，亲自率领。这五百人有些惴惴不安。他，我们所说的中国历史上的这个人，令这五百人守卫自己宿营的帐篷，他自己一个人卸去甲胄光着膀子睡在帐篷里。这五百人放下了心，他们知道已经得到新首领的信任。

这个人是谁？他是朱元璋啊，他是明朝的开国皇帝朱元璋啊，他是做了皇帝杀戮功臣的朱元璋啊，他是杀功臣打破了汉高祖纪录的朱元璋啊！

这怎会是一个人呢，他怎会前面是那样一个人、后来是这样一个人呢？会的，他会这个样子，很多人都会这个样子，先诚后诈，先仁后暴，先宽后苛，先推心置腹后剖腹取心。

7. 只手不能遮天？

美国总统林肯说过："你可以一时欺骗所有的人，你可以永久欺骗一部分人，但是你不能永久欺骗所有的人。"

这话使人惊心动魄，他指出人是可以欺骗的。至于"你不能永久欺骗所有的人"，这话对我们没有多大帮助，一个骗子何必永久欺骗所有的人？

不必"永久欺骗所有的人"。只手不能遮天,但是可以捂住你的双眼,使你不见天日。这就够了。

进一步说,也不一定是欺骗,他前后判若两人,可能俱出于真诚。一个男子在求偶期间表现各种美德,他专注,他热情,他服从忍耐,他是真心真意。可是他喜新厌旧也一点不假,婚后他打老婆,轧姘头,他变了。

人是可能改变的。国王能,匹夫也能。

前后行为相异,俱是出自真诚的人,可能是性情中人;前后行为相异,出自设计布局的人,无疑是功名中人。性情中人不断犯错,功名中人能掌握行为的因果关系,像手术刀一样精确,也像手术刀一样可怕。

8. 我要使你得人如得鱼一样

据说,姜太公告诉周文王,用人就像钓鱼一样,要用饵，这饵就是利禄。

姜太公真的这样说过吗？也许是伪托的吧，他为什么没提到道德？以太公的智慧，他应该知道，道德也是一种饵。

如果利禄是唯一的饵，文天祥早已降元、关羽早已降曹了。如果利禄是唯一的饵，世上不可能有革命军，革命军中更不可能有敢死队。

事实上，建功立业的人，都以利禄号召一批人，同时以道德号召另一批人。在莎士比亚笔下，维多利亚女王喟然叹曰，我就是有天上的星星那么多的岛屿也不够分封之用！

有许多抽象的符号可以代替领地，维多利亚女王和姜太公都应该知道。

据说，姜太公连什么样的鱼用什么样的饵都有具体建议，他必然要提到，有一种人必须以道德为饵他才会上钩。以道德为饵，极低的成本钓到极好的鱼。

子曰："吾未见好德如好色者也。"但是，他应该见过好德如好禄者。

9. 老板的最爱：考试

杨广、邓绥，加上王莽，都是了不起的渔夫，他们以道德为饵，钓他们的老板。

大有为的老板不是那么容易上当的，他们都从诸葛亮恶性补习，有一套观人的方法：

问之以是非而观其志

穷之以辞辩而观其变

咨之以计谋而观其识

告之以祸难而观其勇

醉之以酒而观其性

临之以利而观其廉

以上六项大部分在测验一个人的道德品质。后来又有人加上几道题目，包括派美好的异性诱惑他，故意以不公平的处置打击他，给他特权放纵他，看他有什么样的反应。

总之，老板就是老板，他随时不忘出题。刽子手看人，看他的脖子，擦鞋童看人，看他的鞋子，老板看人，看他的品德才能个性。这是他待人接物的原则。但是，"圣人之道阴"，他不动声色。

当年朱温坐在一棵大柳树下，忽然灵机一动，他称赞这棵树木材很好，可以做"毂"。毂是车轮中心的圆圈，车轴由此穿过。此言一出，左右赶紧附和，岂料朱温下令把随声附和的人全杀了。他说，做车毂必须用夹榆，如何能用柳木？

朱温似乎懂得"倒置法"？他把赵高的"指鹿为马"逆向运用。赵高杀了说实话的人，朱温杀了说谎话的人。后来居上，现代大有为的老板把指鹿为马和指柳为毂都收进题库，还好，他不能杀你。

10. 间谍、瘟疫、瓶子

不管考试有多么严格，杨广、邓绥，乃至王莽等都得了满分，因为他们预先知道试题。

没有人喜欢间谍，可是人人喜欢间谍故事。现代间谍常常能够在敌国的重要部门潜伏几十年，升到很高的职位，例如，在参谋本部举足轻重，或者镇守一方生杀予夺，或者就在敌人的安全部门掌理机要。这样的人要经过多少次安全调查！可是所有的网罟都挡不住他，你"题库"里的题目他全知道，他全准备好了答案。

"君子善谋，小人善意"，善意就是擅长揣摩你要的是什么，"你有政策，我有对策"，"你有关门计，我有跳墙法"。他们根本不需要"永远欺骗所有的人"。

记否记否，《天方夜谭》里那个瓶子，瓶盖打开，从里头出来一个巨人。奇怪，这么大一个人，怎能在那么小的瓶子里容身？我不信。不信？我钻进瓶子给你看。有人真有这么大的本事，不管瓶子多小，他进得去,出得来。

记否记否,巴尔扎克说过,面对社会,有人像瘟疫一样钻进去,有人像炮弹一样轰进去。但是我知道有更厉害的人,先是像瘟疫一样往里钻,钻进核心再变炸弹。

11. 考场自古是伤心地

"君子穷则修德",无路可走的时候仍然守着仁义礼智信等考官阅卷。也许这是一场不评分不放榜的考试,谁知道呢。也许这是一次评分不公秘密放榜的考试,谁知道呢。古往今来正是有数不尽的人等着,痴痴地等着。有人等着等着就灰心了。

我观察过赌马的投注站,很大的屋子,四周墙上有电视屏,屋子里站满了人,每个人手里拿着马票,眼睛望着电视屏上的数字符号,这些数字符号根据马场里正在赛马的状况编写,开列给赌马下注的人看,他们不必亲临马场就知道自己的运气如何。

我要说的是,那天一屋子人都输了,转眼间屋子里空空如也,只剩下墙角干干净净漂漂亮亮的垃圾桶,而满地都是撕碎的或揉成一团的废票,以及盛咖啡的纸杯,寸长的烟蒂。他们懒得把这些东西丢进垃圾桶。他们把整个屋子当做垃圾堆了。

那时我想到,人若对道德绝望,就把社会当做垃圾堆,古往今来,这种人也屡见不鲜。

12. 人间三杰

人,不一样就是不一样。有人见了道德想到遵守,有人见了道德想到背反,有人见了道德想到利用。

不一样就是不一样,有人为道德牺牲,有人使道德为他牺牲。

世上确有了不起的人,人们只能看见他的道德,看不见他的不道德。(有人不幸相反。)

萧伯纳说:偷一块面包进监狱,偷一条铁路进国会,那是当然。偷铁路?乘客没看见,乘客也不在乎,乘客只关心票价和服务。

遵守道德的是君子,违反道德的是英雄,利用道德的是谋略家,三者都是人杰。

那为道德牺牲者,我们向他献祭;那"使道德为他牺牲"者,我们向他祝寿,这两件事都只要花很短的时间、很少的金钱,我们仍有悠悠岁月"为自己活"、"爱自己的生命"。

可是,我们祷告,千万不要碰上杨广,他使人人把国家当做垃圾堆。

13. 事暴君?

只要没碰上杨广,不必绝望,荀子曰:"事暴君!"这话充分发挥了大无畏精神!

"事暴君"并不是背弃贤君、选择暴君,而是在不能选择无可选择的时候,设法借暴君的权力建构做些事情。他似乎已经看见或者料到"六王毕,四海一",势已无法"非其君不事"了。

怎样"事暴君"呢?荀子的主张是:崇其美,扬其善,违(避讳)其恶,隐其败(腐败),言其所长,不称其所短。

荀子认为,对暴君可以做到协同而不淫邪,柔顺而不曲全,宽容而不昏乱,调和百事以转化主上的意志,以"驭野马的智勇、饲婴儿的仁恕"行事。

有君(即使是暴君)然后有权位,然后有作为,然后有事功,然后有生命。

事暴君未必要做佞臣,事暴君也未必要做烈士。

某种游戏

——输了不说话　赢了说废话

1. 谁的本领最大

在某机构的办公室里,甲乙两个职员谈论谁的本领最大。

甲说:"老李了不起,他一年以前早就加了薪水,他的太太到现在还不知道。"

乙说:"老郑老冯才厉害呢,这两个人进来五年了,老板不知道他们是二十年的老朋友!"

这是一个小故事,可是很多人表示看不懂,不知道老郑老冯的"厉害"在什么地方。

所以,这也是一道测验题,看你有多少社会经验,是否了解老板的"游戏规则"。

这对你在社会上能否顺利发展大有关系。

2. 信封里头也许是空的

如果老板知道老郑老冯是最好的朋友,他们之间可能发生一些事情。

例如,就像美国汽车大王老福特干过的,先把老郑老冯调成长官部下的关系,老郑是什么长,老冯是他的下手。

然后,他拿一个密封的信封叮嘱职位较低的老冯:"交给你负责保管,无论是谁,你都不能给他!"一个月后,或者半个月后,他又吩咐职位较高的老郑:"老冯手里有一个信封,你去拿来给我!"

老郑老冯都想在老板面前有良好的表现,一个非要信封不可,一个硬是不给,两人之间从此有了嫌隙。他们的情感像玻璃一样,裂纹会越来越大。

3. 谁说夫妇不能在同一机构任职

或者,当老板有所图谋时,老郑老冯是职位平行的两个主管。老郑希望能把自己的太太安插进来,当然不宜在自己管理的单位,他拜托了老冯。

老冯受了重托,向老板进言,老板很果断地说:"我认为两夫妇不宜同时在一个机构做事。"事关原则,老冯只有回绝了老郑。

天晓得是怎么回事,第二天,郑太太上班来了,不在老冯的单位,也不在老郑的单位,本机构还有其他的单位,但是彼此朝夕相见,接触频繁。这一下子老冯目瞪口呆,可是接着也就恍然大悟:老板下手分化他们了。

4. 必然要争,可是必然得不到

或者,老郑老冯都是一人之下,他们上头就是老板，他们的地位，就是俗语所说的坐二望一。他们是老板的左右手，深受倚重。他俩在业务上互相配合，传为美谈。

有一天，老板很坦率地说，他的工作太忙，需要设一个副首长来分担，这个人要从一级主管里面擢升，绝不到外面聘请。这番话，他拣左右无人时告诉了老郑，也在左右无人时告诉了老冯。

老板说做就做，他修改了组织规程，董事会也通过了。这时，他收到四五位大老的推荐信，有人推荐老郑，有人推荐老冯，力言他们是副首长的最佳人选。

老郑老冯是好朋友，没有错，可是到这时候，谁也不肯把老板的话告诉对方。谁也没有把自己的动作预先泄露。老板料定他们不会那么做。

老板拿出两封信来给老郑看。"你看，这写信的人，面子比脸盆还大，教我怎么回绝？"信是推荐老冯的。

他另外拿出两封信来给老冯看："这种人写信来了，咱们得罪不起！"信是推荐老郑的。

结果是，副首长的职位空在那里，而老郑老冯从此势不两立了。

老郑老冯都悻悻然，都告诉自己的亲友："他想升官，为什么不先跟我打个招呼？他暗中和我较劲，算什么老朋友？"

两个人都恨对方搞小动作。想想副首长还虚悬在那里，两个人又觉得老板待我不薄，只要能把对方除掉……

老板也料定他俩会这么想。

5. 绝招：原子弹

如果这些方法都不能奏效，老板还有他的最后武器。

他选择最适当的一天（例如，刚刚拿到薪水袋的时候），在这一天最适当的时间（例如，下午下班前五分钟），把老郑请到他的密室，与他"促膝"而谈。

"冯××这个人,在政治上有问题没有?"

老郑大吃一惊,回答:"不清楚,大概没有。"

于是老板说了:"有关机关(下面的词语不清楚),你和他比较熟,(下一句听不清楚)……"

好了,为政不在多言。

在那个"人人防谍"的年代,在那个"一人成匪,十族归户"的年代,老郑像是踩着了地雷。

他茶饭无心,神志恍惚。(这就是为什么选在下班前五分钟密谈。)这可不是玩儿的,老冯是我的好朋友,他若被捕,第一个牵连到的是我。幸亏老板信任我,我得注意老冯的言行。(老板并没有这样说,这是他自己的领悟。)是的,我要自己站稳脚步,我一家有老有小。

想到这里,老郑摸摸口袋里的薪水。(这就是为什么要在发薪水这天密谈。)

从此,他对老冯的态度有了变化。他在两人之间筑墙,又在墙上留下偷窥的洞。

这,老冯当然有感觉,并且有回应。

这两个人还是原来的那两个人吗?

6. 绝招的后续：第二颗原子弹

如果（我是说如果）这样仍然不行呢?

某年某月某一天，老板请老冯密谈。

仍然是发薪水之日。

仍然是下班前五分钟。

仍然是一样的话题，不过被讨论的人是老郑。

"郑××这个人，在政治上有没有问题?"

最要紧的地方仍然含糊不清。"有关机关……你和他比较熟……"

这回轮到老冯失眠了。我交错了朋友。老郑连累了我。有关机关连我也怀疑起来。幸亏老板对我不错。……这是他的领会。

结论是：损失一个朋友不算什么，自己身家清白要紧。

在那样的时空背景里,老郑和老冯即使有两肋插刀的交情,也不可能找个秘密的地方,彼此把从老板那里得来的讯息通知对方,那是两个真间谍才做得到的事情。

在那年代,老郑和老冯,即使一个是管仲,一个是鲍叔,也不可能紧紧握住对方的手:"咱们挂印封金,一块儿做乞丐去吧!"那是只有两个神仙才做得到的事情。

这两个人只有互相猜疑,互相怨恨,互相妨碍,互相查察。

他们互相竞争,让老板看看谁最可爱,谁最忠诚。

7. 人生如梦,利禄如枕

老板,我是说大有为的老板,他相信人是可以用利禄引诱的。

超级市场里出卖的牛肉分成五级,有一个人专门负责分级，在不同等级的牛肉上贴好不同的标签。他从壮有所用做到老有所终。他难道不想有个更受尊敬的工作？

金门大桥是一座构造复杂的铁桥，每年油漆一次，防止锈蚀。一个油漆工人由桥的这一头漆到那一头，（桥有两个头，没有尾巴。奇怪！）恰好费时一年。每天早九晚五，每年春夏秋冬，这个油漆工人到桥上桥下工作。桥上有他的青年中年老年。他难道没做过梦，梦见自己中了头奖发了大财？

交响乐团演奏的时候，在那么多管乐弦乐后面，在那么多大号小鼓的夹缝里，有一个人敲打一块悬空的三角铁。只是偶然敲一两下，机会不多，而且淹没在其他乐器的声音里，也许只有指挥听得见。这个敲打三角铁的人想必也是个音乐家。他如果还有其他才能，难道不觉得技痒难熬？

会的。老板，大有为的老板，他的经验是，人都会为自己的名利打拼，人都想比别人领先一步，高出一寸。人都想自己银行里的存款比别人多一块钱，即使"别人"是他的兄弟姊妹父老诸姑。

8. 宁要追赶跑跳碰，不要温良恭俭让

做大老板的人都明白，人与人之间的关系并不是很和谐，人嫉妒别人，人厌恶别人，人提防别人。潇洒如《雅舍小品》，也曾说邮差每天送来"不喜的喜帖，不能不喜的讣闻"。大老板坐在家里发烧打喷嚏的那一天，探病的同人是一个个独来独往，谁也不约谁。老板躺在别墅里听音乐避寿的那天，拜寿的同人也是一个个独来独往，谁也不通知谁。

依大老板看，利禄当前，没有不互相妨碍的朋友，没有不互相倾轧的同僚。每一个机构都有人怨恨他的同事，每一个家庭都有人怨恨他的兄弟姊妹，每一个国家都有人怨恨他的官吏。大老板的本领是为这种情绪安排一个建设性的出口。老板抛出一个球来："你们抢吧！"于是烟尘蔽天，每个人都有充分的理由无

视另一个人，推挤碰撞，问心无愧。业务上的许多指标就这样达成了，那是"温良恭俭让"无法做到的。

同人之间，某种程度的不停地摩擦，不停地排挤，是老板乐于见到的事。在老板的眼里，这就是上进。这些人在上进途中需要老板支持，因此双方都对老板加倍地体谅，加倍逢迎，在老板看来，这就是效忠。

因此，大有为的老板，在听到下面寂静无声的时候，就设法制造一些热闹。

所以，在英明有为的老板之下，交朋友很难。

9. 三代以上的大秘密

阴阳家留下一句话："圣人之道阴。"他所谓圣人，就是君王。

真是辣手文章，他用了"阴"字！

据说，当初帝尧垂拱而治，就是使用一分为二的建构,使它们互相竞争、互相牵制、互相监督,而他居中平衡。

据说,这一套统驭技术不落言诠不立文字,所以叫做"心法"。接班人心领神会自然贯通,称为"心传"。尧的儿子丹朱始终没有开窍,而舜则能知能行,帝位这才不传子而传贤。

10. 三代以下的大串通

三代以下,"心法"虽然公开了,在实际运作上,仍然是上下之间的默契。在这方面,老板仍然不肯有一个字的具体指示,聪明敏捷的部属自然知道该怎么做。

这是一种"天作之合"。

世上有多种天作之合,例如巫师和乩童。

乩童之所以存在,是因为有许多人相信:人有灵魂有肉体,灵魂和肉体的关系犹如手和手套。一个灵魂可以走出这个肉体进入另一个肉体,一个肉体也可以轮流容纳不同的灵魂。

乩童是巫师的助手,也是神灵的传令员。在仪式中,巫师请乩童上坐,焚香念咒,使乩童体内的灵魂迁出,把空中的神灵延入。这时乩童叫喊、跳跃、抽搐、颤抖,说出使人惊骇的语言,宣达对一乡一村的重大指示,或是解决一家一姓的重大迷惑。

有人说,天上人间并无神灵或灵魂,我无法证明其为有。有人说,乩童是巫师训练出来的演员,我愿意说出我的见闻。一位曾为巫师、但年老退休后信奉基督的长者告诉我,巫师作法当然是迷信,但是他们并没有一套教材来训练乩童。他强调乩童不可以由训练产生,一涉及"训练",乩童即不能逼真感人。

他说,乩童必须对巫师心悦诚服,自然受其感应,"莫之为而为、莫之至而至",体现巫师的心念。所以,他说,物色一个乩童很不容易,而艰难得来的搭档,相得为时甚短,乩童稍稍长大,即失去这种能力。所以,他说,只有乩童,没有乩翁。

我想，世上某些大开大合大成大毁的老板，也许正是巫师，而揣摩体会争先恐后的伙计们，也许就是乩童吧。

11. 玩人丧德

吾乡管长于统御的人叫"玩儿人的"，翻成文言，大概是"圣人不仁，以百姓为刍狗"。

荀子有一段话批评当时的政治，大意说，使用贤能的人去执行，却伙同不贤能的人去纠正；使用明智的人去考虑，却伙同愚蠢的人去议论；使用廉洁之士去实施，却伙同污邪之人去拟度。

君王诸侯为什么要这么做呢？因为他要"玩儿人"。有时候，倒行逆施也是必要的策略。

古人说"玩物丧志"，下面紧接着有句话是"玩人丧德"。哀哉！

但是，请注意，"玩人丧德"的老板，毕竟优于

"玩物丧志"的老板。试看历史上那玩物丧志的皇帝，放弃了自己"玩人"的责任，甘受刘瑾或魏忠贤玩弄，你就知道陪汉武帝或唐太宗玩玩儿，是咱们上班族的福气。

吾乡有一条俗谚，大意是女人宁可嫁给一个流氓，不要嫁给一个懦弱的庄稼汉。流氓常常打老婆，但庄稼汉未必就不打；流氓能使你衣锦食肉，受外人尊重，庄稼汉（尤其是懦弱的庄稼汉）却断乎不能。吾们上班族对此能无沉痛的体会？

所以，秦始皇那样无情地糟蹋中国人，中国人却以历史上有个秦皇为荣。

所以，上班族的宪法第一条是，永远不要对老板绝望。

12. 一个哈欠定终身

如果你是职员，永远不要对老板绝望。

（如果你是男人，永远不要对女人绝望。）

（如果你是老人，永远不要对子女绝望。）

想当年有一位大老板传话过来，希望我能到他的办公室一谈。我应约而往。宾主坐定，那大老板张开大口对着我打了个哈欠。（大老板嘛！口腔特别大，牙齿舌头也特别大。）这个哈欠嗯啊有声，余味悠远，他闭着眼睛享受了许久。

等他睁开眼睛，我立刻起身告辞。我恭恭敬敬地说："您累了，我改天再来吧。"他一言未发，望着我走出去。

后来我听说他又召见了另外一个人，"那人"爱看他的哈欠，前程颇为得意。有一次，我和"那人"见面，"那人"也打了一个哈欠给我，他的哈欠小气、简陋，殊不足观。我立刻懊悔起来：与其坐在这里看这人的哈欠，何如当初一直看那大老板的哈欠？

古时有人说县令难为，做县令要看世上最难看的三样东西，即犯人的屁股（问案要动刑），女人的阴户（命案要验尸），上司的脸色。这话不通之至，前两项姑置不论，单说老板的那张脸实在大有丘壑，要多看，要爱看，看到老活到老，在老年的回忆中把老板的一张又一张的脸当做古董摩挲把玩，足以陶情怡性延年益寿。

怕麻烦的人没有前途

——顽皮的数字,终要乖乖地走进公式

1. 谁能跟谁相安

《圣经》说:设筵满屋,彼此相争,不如一饼相安。

如果盛宴不能息争,一饼又何能平安无事?

仅有一饼的人不会明白,那些富足的人什么都有了,还争个什么劲儿呢?那些尊贵的人什么都有了,还争个什么劲儿呢!

在满屋华筵中争长争短的人,必不是争酒争肉,必不是争饼争汤,他们另有非争不可的东西。

聚在这个屋子里的人,谁都可以吃山珍海味,那么谁也不稀罕美食;谁都有高车驷马,那么谁也不操心交通；谁都可以呼奴喝婢，那么谁也不嫉妒别人有仆从。彼此都有的东西不算，必须争个你无我有。所以他们像赤贫的人一样争丝计毫。

这些人，一块饼又如何使他们相安？一饼相安的人是另一种人，在另一座房子里，和那满屋华筵是两个世界。

得饼即安的人哪里想得到，左丞相受右丞相的气，他们还不能相安呢。户部尚书受兵部尚书的气，他们还不能相安呢。即使是女皇帝，番邦的大王还写信给她，十分无礼地说："你陪我睡觉吧。"女皇帝还得回一封信说："我老了，你另请高明吧。"

在这世界上，谁跟谁能相安呢？

2. 大合菜——摆平

公平并不能使人相安。所谓公平——如果确有其事的话——对强者是亏欠，对弱者是"浪费"，所以，仍然制造争端。

今生今世用以解决争端的手法是"摆平"——吃大合菜。

若干年前，一家人必须同桌吃饭，不可个别进食，每种菜用一个盘子（或碗）盛放，决不分成每人一份。倘若分食，菜就不够吃，每人分到几根豆芽，一匙肉汁，也不成体统。

分食则不足，合食可能有余，这是什么道理？说来令人发抖，同桌共食的成员中间有人不吃菜，或者只是象征性地夹几下菜！

谁可以多吃菜、谁应该少吃菜呢，谁又"最好"别吃菜呢，这是谁规定的呢？说来令人发抖，这是自己对自己下的命令，每个人根据外在的背景内部的处境好自斟酌，甘心做成奉献和退让。

这种长期的奉献是没有名目也没有收据的，你决不可以自我表扬，所有同桌吃饭的人也矢口否认。外人的印象是，饭桌上有汤有菜，同桌者人人有份儿，最后还吉庆有余。

这就是摆平。

3. 鹤自拔毛——国家的祥瑞

中国皇帝喜欢祥瑞，史书留下很多资料。

例如，老虎进了羊群，和羊摩肩接踵，还用舌头舐小羊羔呢。

例如，天外飞来一鹤，停在一棵大树上。老百姓齐集在树下商量，想把鹤的羽毛拔下来进贡，树太高了，还真难办到呢。不料那美丽的羽毛一根一根落下来，树下的人伸手就可以接到，是那鹤自己拔下来的！

虎与羊和平共处，是强者自制，鹤自拔毛是弱者自献，天生一只鸟，地生一条虫，天生一个周瑜，地生一个黄盖，这是皇帝的福气。

在某一个家庭里，大人都上班去了，两个小孩子在厨房里自己动手做三明治，一面做一面讨论谁吃切下来的面包皮。经过一番推诿之后,男孩说,面包皮放在碗里,大家排一张表,每天轮流吃。女孩说,妈妈用不着排进表里,她会自动吃掉。男孩说既然如此,我们又何必排表?

母亲集强者的自制、弱者的自献于一身,是每一个家庭的祥瑞。

4. 母亲——神仙最后的尘缘

一九三七年,日本军队打进来了,沦陷区人心苦闷,处处设坛求仙,有许多仙诗流传,其中最震撼人心的也许是这一首:

> 天处高来地处低,
> 中分南北与东西。
> 谁为父来谁为子?
> 谁是儿孙谁是妻?

皮肉生前都是血，

尸骸死后尽成泥！

可怜凡夫俗子辈，

个个昏沉个个迷！

大空至寂，把尘缘否定得干干净净，吓死人。可是细读几遍，却发现这位神仙没有否定母亲。

他如果连母亲也否定了，有几人能接受他的诗呢！

他保留了母亲，又如何维持他的理论主张呢！

母爱的价值不灭，孝道也随之不灭。"不孝有三，无后为大"，儿孙也有了一席之地。而且"无后"的"后"，包括有名声有事功令后世称述，也就是立德立功立言，这一来，神仙岂不全盘皆输？

神仙输了，我们也输了，我们必须深入红尘，尘缘一直到死也没完没了，为了在大合菜中多吃两块肉，或是在做三明治时不吃面包皮。进一步也就身不由己，华筵当前争上席，分饼而食想得大块。

5. 制造竞争的工程师

一个母亲与人无争,两个母亲就彼此相争,各人为自己的子女而争。

吉璜说过,泥土和泥土本来不会发生争执。抓一把土塑个如来,再抓把土塑个天尊,马上就有对立,有攻击,有竞争。

六十年代,台湾开始生产洗衣粉,起初只有一家制造洗衣粉的工厂,市面上却有三种牌子竞销。这三种牌子的洗衣粉都是同一家工厂制造出来的东西,三个商人以不同的名称不同的包装争夺同一个市场。

老板,尤其是大有为的老板,往往把他的部下制造成两尊神佛、两个母亲或是三种名称的洗衣粉,使他们彼此相争。

老板并不反对部下互相倾轧,在他看来,如果部下亲爱和睦,他们就不会在工作上企图压倒对方。

老板也不反对部下互相告密,在他看来,如果部下都隐恶扬善,为亲者讳,老板永远不知道每个单位、每门业务的缺失。

所有的倾轧排挤，都升华为对老板的争宠献媚。于是老板觉得很安慰，也很安全，——部下没有造反的可能。他加以调节制衡，使任何一方不会受到太重的挫伤，任何一方都能鼓起再接再厉的士气。（这也是摆平，高一级的摆平。）

自古以来，多少俊杰都不能从这一套游戏规则中脱身。

6. 你也知道了

我说过，这一套游戏规则可能是中国第一位圣君发明的，他的名字叫尧。尧把这规则传给舜，舜又传给禹，称为帝王心法。"心法"的意思是：绝不写成书面文件。

我说过，"心法"不绝，要靠"心传"，心传的意思是，我这么做，你在旁边心领神会。这本是极其高贵的秘密，一般人只宜入其彀中，不可窥破底蕴。

可是，后来，有些读书人，没有官做的读书人，没有贵族供养的读书人，给自己找了一条出路：教书。专业教书的人，只爱他的学生，就不大爱皇帝了。

还有一些人没有机会教书，另外给自己找了一条出路：写书。专业写书的人只爱他的读者，也不大爱皇帝了。

所以，有一天，一个写书的人把这个规则写出来了，把这个天大的秘密公布了。写书的人会把一切都告诉读者，他才不管什么"国之利器，不可示人"！

当初，第一个揭露秘辛的作者还很谨慎，很客气，他写出来的文字很含蓄很暧昧，教人看了似懂非懂。他以后的著作者就打开天窗说亮话了，就给他注释、给他引申、给他举证、给他反复发明，靠印刷术传播，弄得天下人都知道都明白了。

现在，你也都知道了。

7. 举头三尺有老板

"心法"的密传外泄,但是心法的魅力功能丝毫不减。这是世上最伟大的圈套,明眼人看得清清楚楚,仍然要争先恐后往里头钻。你想,在一个机构里,谁甘心做吃大合菜不伸筷子的人呢,谁愿意专吃面包皮呢。

现代人在家靠父母,出外靠老板,任你三头六臂也得从老板眼皮底下过。天高老板近,举头三尺有老板!

这年月君捧臣臣亦捧君,你想要一个什么样的老板?当然是大有为的老板,有"大有为的老板"才有"大有为的事功"。

可是"大有为的老板"多半要玩那一套"大有为的把戏"。他需要"大有为的伙计"肯入局,玩得转。

严子陵自己知道玩不转,坚决不肯入局,历经一波三折,皇帝只好把他放了,他也只能每天钓几条鱼打发此生了。

务光不肯入局,皇帝知道他玩得转,不肯放过他,他造了个谣言,说务光掉在河里淹死了。他也虽生犹死,一辈子销声匿迹了。

在唐尧的时代还有一个隐士,皇帝送他贵重的东西,他不收;请他做官,他不肯。皇帝说:"这人可恶之至,他把咱们这套把戏全看穿了!"你猜怎么着,皇帝要了他的命。

你到了这个"大有为"的环境里,对所有党同伐异、尔诈我虞的情况必须抛弃道德判断,注视其过程与结果。直到你有一天十分熟悉游戏规则。

然后,有一天你有机会入局。

然后,——然后就是死生有命、富贵在天了!

一种可以选择的命运

——棋局之所以迷人,因为它可以重新来过

1. 刘邦:狠之中有不忍

秦代末年,楚汉争雄,楚霸王项羽在两军阵前架起大锅,要当众"烹"杀汉刘邦的父亲,做成肉羹。这时刘邦的父亲太公在项羽的刀俎之上,性命岌岌可危,唯一解救的办法是刘邦向项羽投降。但刘邦泰然对项羽说:你我有兄弟之约,我的父亲也就是你的父亲,你能吃他的肉我也能吃,肉羹做好了送一碗过来。

项羽一向残忍好杀,他在襄阳屠城,他入关后坑杀降卒二十万人。但他竟然放掉刘邦的父亲,使刘邦"险胜"。后人论史,都说项羽虽狠,狠不过刘邦,刘邦能置老父生命于不顾,项羽竟不能下手。清人戴南山质问:如果项羽果真下锅烹人,刘邦势必失去做人的基本立场,他还能号令三军?还能完成帝业?

这话诚然不错,但问题并未解决。如果刘邦投降,项羽会不会把他们爷儿俩全杀了?会不会把汉军全坑了?刘邦对于以丰沛子弟为骨干的十万义军岂无珍惜之念?项羽发牌,刘邦决心一赌,"狠"之中自有不忍。如果我写历史小说,写到刘邦说"请分我一杯羹"时,汉军将士的反应是非常感动!这一举,应是振作了士气,收拾了人心!所以刘邦到底做了超级大老板!

这一层,书生议兵,视而未见。

2. 建文帝:不忍之中有狠

明代有"靖难之变",做叔父的从北京起兵南下,要抢侄子的皇位。明初建国南京,北京南京路途遥远,一路打过来并不容易。可是皇帝下了一道圣旨,说是这一场战争不许使他的叔父受到伤害,"勿使朕有杀叔之名"。这一来,勤王平乱的军队在战术上受到极大的限制,士气低落,结果南京失陷,皇帝下落不明。

这皇帝是个狠心大老板。"勿使朕有杀叔之名",宁可把江山丢了,把铁铉方孝孺这样的忠臣害了,把文武百官乃至黎民百姓置于大整肃大清洗之下。这样的皇帝看似"不忍",其实也有其大狠大忍的一面。

这一层,书生论政,几人见到?

这个"不忍杀叔"的皇帝,应该立即遣使北上,展开谈判,以逊位换和平,条件是不可轻易杀人。

当然,他逊位之后,日子一定难过,有史为鉴。但大不了也是"下落不明"而已!他的"老板"形象就高明得多了。

3. 徐庶进曹营——一言不发

"人才之盛,莫盛于三国"。三国时代有个徐庶,智谋过人,刘备登门礼聘,倚为心腹。

人主之爱才重才,恐亦"莫盛于三国"?例如曹操得知徐庶归刘,马上"劫持"了徐母,逼迫徐庶归曹。徐庶指着自己的心对刘备说:我所以能为您效力,是靠这方寸之地。如今为了老母,"方寸乱矣",留在您身边已是毫无用处了。

徐庶喜欢刘备而必须离开刘备,讨厌曹操而必须依附曹操,内心当然痛苦,他纾解压力的办法是"终身未设一谋",从来不提任何建议。曹操把他弄到手是枉费心机,他的生命却也从此浪费了。

徐庶和貂蝉一样,出场时有声有色,后来"淡出"消失。他因一句歇后语而"不朽":"徐庶进曹营,一言不发。"

像徐庶这样的人显然不能做大老板。

4. 这样的老板是部下的噩梦

且说我家乡附近的一个人物。

当年偌大的华北农村,天高皇帝远,地方治安不靖,豪强以私人武力自保。我要说的这个人物,堂堂凛凛,有枪有炮,有寨有壕,自是一方之主。

这样的人当然有劲敌,敌人昼夜图谋怎样破他的寨子。他有一个女儿,情窦初开,一脑子幻想,人家就派了个小伙子混进来追他的女儿。

有一天,这一对小情人突然失踪了!然后,大军压境,团团围住寨子。倒也无妨,寨主明白"勿恃敌之不来,要恃我之有备"。可是这时发生了他万万想不到的事情。

守寨的乡勇,只见寨外有一辆"大车"缓缓推近,车上用泥坯做成矮墙,用以掩护后面推车的人,车前高高竖起长梯,梯顶吊着一个剥光了衣服的少女,正是寨主的女儿,大叫爸爸救命。

乡勇赶快报告老板,老板登上围墙垛口,目眦欲裂,拔出手枪来连开五枪,把女儿打死了!

乡中父老论史,都说这寨主做事当机立断,直到此时,他做的都是"大有为老板"非做不可的事情。可是紧接着他犯下铁尽九州难铸的大错,他下了个绝望的命令:打开寨门,冲锋!

当时的情势敌劳我逸,有利于守,而且乡勇未受过野战训练,不利于攻。顶要命的是敌人部署在哪里他根本不知道,冲出去做什么?

答案是:送死!

他这一方之主,蒙此奇耻大辱,痛不欲生,也就罢了,却要全体部下一同作此愚蠢的牺牲。人生在世跟上这种老板,也算倒了八辈子的楣。

5. 英雄见惯始知其非常

你看,做老板并不容易,老板越大越难当。

有人说"仆人眼中无英雄",又有人说"英雄见惯亦常人",这些话靠不住。我读《隆美尔传》的时候有一个感想,即使隆美尔摆地摊,也是这座城里最大最好的地摊,摆地摊的如果成立公会,他定是第一任主席。

成功的大老板具有某些特殊的品质,这些品质是不成文的。世界各国都有老板著书立说,但立功者不必立言。大有为的老板是何等样人,他心里想的,绝不在口中说出来;他说的,绝不做出来;他做的,绝不写出来。所以文章乃是老板的糟粕,功业才是他的精华。

了解老板,我是说"大有为的老板",必须亲炙,所以英雄见惯,始知其非常,仆人眼中更见其为英雄。

老板必有过人之处。也许你说,我那老板,做我的部下我还不要呢。我劝你回去仔细看看,虚心听听,三个月后,你的意见一定改变。

如果你左看右看,真把他看透了、看扁了,那么你还不辞职快走?

6. 老板——人类的最后一个名词

老板，大有为的老板，是"特殊材料"做成，中国先贤闪烁其词，称为"日月精华、山川灵秀"。

洋人说话比较清楚，一位阴谋理论家说君王是"狮子与狐狸的综合"，他的意思是残忍与狡诈。

依我看，"狮子与狐狸"不仅象征君王的性情，也可以比喻其形貌，即威猛端庄与阴沉机警。你应该观察那些"大老板"，看他何时像狮子，何时像狐狸，或者既不像狮子又不像狐狸。

"狮子与狐狸"的说法，把君王理想化了，只有亚历山大、成吉思汗等一流天骄才可当之无愧。至于等而下之，尚须混入豺、狼、鹰、鹞。老板的文化教养又可能使他有时像骏马白鹤。老板又有所谓"异相"，中国某一位超级大老板的模样有时酷似熊猫。

那你该看他何时像鹰，何时像狼。

所以，老板是人世间一大风景。——也是寒暑表、地震仪、气象预报图。

无论如何，老板不能像羊、兔、猪、雀。

照进化论的说法，动物进化到最后最高的阶段，出现了人，所以"人"是动物学的最后一个名词。

而"大老板"又可能是"人"的最后一个名词。

在进化过程中，人身存留了某些禽兽的品质，而大老板得天独厚，包罗最广，所以大老板的形貌气质神态变化最多。释迦牟尼有三十二相，大有为的老板至少有二十八相。

所以大老板是人世间特殊的稀少的动物，未可以牛羊鸡犬待之。

孟子曰：人皆可以为尧舜，他不敢说人皆可以为老板。古之知识分子自命可以伺候尧舜，但是不善伺候皇帝，被皇帝砍了头。

7. 圣贤英雄也找归属

老板是天生的，伺候老板的人也是。

人有"奴性",找依附,找归属,找整合。可巧就有一种人,极少数极特殊的人,能满足他们的需求。人,一旦找到效忠的对象、奉献的理由,即使后果严重,那份兴奋,那份快乐,只有上帝知道是怎么一回事。

张良总算个人才吧,他在找到刘邦以后心满意足地说:"沛公殆天授也。"梁山人物总算是好汉吧,他们东飘西荡找不到老板的时候竟也掉下许多泪珠。刘备得诸葛,自谓如鱼得水,这话应该出于诸葛之口才恰当。我们的祖师爷孔子孟子,周游列国席不暇暖,何尝不是为了找老板?最后,孔子说:"麟出而死,吾道终穷矣。"孟子说:"然则无有乎尔,终亦无有乎尔。"那份伤痛,我们至今犹能体会感受。

老板,我是说大有为的老板,能搜集人的幻想、热情、忠诚而发挥之,同时激发人的贪婪、虚荣、残忍而挑逗之,大则影响历史文化的发展,小则左右个人命运的形成。

老板有老板的魅力,这魅力,在京戏里以脸谱表示出来。它确实十分明显,使人一望而知,一望而生服从效忠之念。隋唐之交,天下豪杰争雄,虬髯公一见李世民立即决定移民,他知道中国没有他的机会了。

8. 人上人的想法

老板是人上人,人上人有人上人的想法,人下人有人下人的想法。人若一脑子"人下人"的想法,不能成为人上人。这是"有志竟成"的别解。

有一个人说过这样的话,看人结婚,他幻想自己是新娘;看人施洗,他幻想自己是婴儿;看人办丧事,他幻想自己是尸体。你猜这人后来做了什么?美国总统。

婚礼中,新娘是中心,洗礼中,婴儿是中心,葬礼中,尸体是中心,三者在仪礼中最尊贵最重要。这人未经训练、不需提示,自然而然拣尽高枝。他是大老板的材料。

可是确也有人看见婚礼想到自己是伴郎,看见洗礼幻想自己是神父,看见葬礼幻想自己是吹鼓手。

孔融让梨,有人幻想自己是孔融,有人幻想自己是孔融的哥哥,等着拿大的。

9. 别要求老板作圣贤

大老板是强者,强者有时难免做点坏事。

人生在世,一个人的成就高低可以简化为四段:

第一段,做好事无人称赞,做坏事有人制裁;

第二段,做好事有人称赞,做坏事有人制裁;

第三段,做好事有人称赞,做坏事无人制裁;

第四段,做坏事有人称赞。

大有为的老板多是第三段第四段人物,他不时做坏事以显示自己的功力,也用它做"指鹿为马"式的测验题。你的希望是老板不要做"错"事,并非他做"坏"事。

坏事和错事不同,两者分别在事功效果。有时候,"好事"恰是"错事"。

做一个成功的老板不可愚,不可懦,不可私,倒没听说不能坏。(当然也不能坏透了。)他偶然坏几下,不可计较。

姜太公钓于渭水,钓丝的末端垂着一段笔直的铁线,他不用钓钩。墨子说,与其给人家一条鱼,不如给人家钓鱼的方法。姜太公对文王说,我也不给你钓鱼的方法,我给你整条江,给你所有的河流湖泊。我给你江山。好吧,让那些有本事的都来钓鱼吧。

所以太公是帝王之师。

10. 老板即命运,不过你可以选择

今天的社会结构又与古代不同。

老板太重要了,他赚钱,你加薪;他扩张,你

升级；他破产，你失业；他成圣，你为贤；他为贼，你为奸；他找死，你殉葬。(想想吾乡的那个一方之主。)

劝君更尽一杯酒，擦亮眼睛找老板。在家靠父母，出外靠老板，举头三尺有老板。

人生在世，跟什么人共处的时间最长？父母吗，不是；兄弟吗，不是；儿女吗，不是；连妻子也未必是，共同相处时间最长最久的是老板。(除非你自己是老板。)

所以智者择主而事，竭智尽忠，劳怨不辞。老板糊涂你就滚，老板英明你就忍。

所以荀子曰：人生有三不祥，其一为"贱而不肯事贵"。人生有三必穷，其一为"下而好非其上"。

以老板为友者得大利，以老板为师者得小利。以老板为敌者倒大楣，以老板为路人者倒小楣。

所以择主而事，天下无事时为奴才，天下有事时为人才。(切忌天下有事时为奴才，天下无事时为人才。)

好部下长期伺候一个好老板，到后来会对老板产生"孺慕"，综合了君臣、父子、夫妻、师生各种感情。这是最奇特的关系，从老板的角度看，是最理想的关系。从部下的角度看，是最安全的关系，大忠终身慕老板，老板有此修为，至矣尽矣。

火车时间表的奥妙

——书难尽信,但是不能无书

1. 火车误点了,怎么办

火车误点了,你正在车站上准备乘车,这一段时间可以列入"生活中最难排遣的时光"。火车迟迟不来,时间像蚊子一样不断地飞来叮你。

一九四一年仲夏之夜我在山东峄县南关车站等候火车(这条短短的支线现在已经拆掉了),依照时间表,列车应该在十点钟进站,可是到了十一点还不见踪影。天气很热,蚊子又多,车站内外也没有人卖报纸杂志,候车的人用看时间表、打蚊子、口出怨言打发时间。

十一点十分,站长从我们身旁经过,一个资深乘客首先发难,他每个月都坐火车出门,受够了望眼欲穿的滋味。他问站长:"你们的火车总是误点,火车时间表还有什么用?"其他的乘客闻声围拢过来。

站长放慢脚步,昂然反问:"如果没有时间表,你又怎知道火车误点?"说完,掉头而去。

妙极了,最佳的防御,水泼不进,针插不透,旅客纵然不服,也只有悻悻而罢。铁路局有此等"忠勇"的员工,亦可谓深庆得人了。

现在,我想我比较了解这位站长。火车误点,许多人以为站长有责任,其实他有什么办法?当然,他至少有义务接受乘客的抱怨,可是,等到误点成为常态,每天面临无休无尽的质问时,他焦躁起来,他专业的荣誉已荡然无存,他想这是铁路局害了他,他又何必站在你面前替铁路局受过?

那就误点吧。那个站长他索性不在乎了。

2. 误点，火车仍然来了

一九四九年春王正月，我在山东德州车站等了三个小时才搭上火车。我曾一再到站长室打听班车何时进站，他说："还有三十分钟。"我清清楚楚记得一共问过五次，每次所得到的答案相同。

那位站长也是铁路局的模范员工，他把等车的时间分成好几个三十分钟，使我们很乐观地承受着料峭的寒风。上车后，我愤愤地说："四点半的班车，七点半才到，候车室里又何必挂火车时间表？"

座旁一位老者，胡子白了一半，一口天津卫的"卫腔"。他对我说："你看，火车不是终于来了吗？这就多亏有个时间表。时间规定四点半到，四点半到不了，五点半应该到；五点半到不了，六点半应该到，现在七点半，终于到了。如果没有时间表，它可以明天才到，也可以后天才到。"

我愕然，当时，我完全不能接受他的看法。今天，我想起这位老者。他老人家想必受过时间表无穷的折磨。时间表总是在骗他！可是，一个想坐火车的人，不信行车时间表又信什么？上一次它不准，这一次也许改进了吧！他仍然要一分一秒地遵守，依然一次又一次为它所负！这样累积了十次百次以后，他的心冷了，误点就误点，他也不在乎了！

3. 当火车第三次误点的时候

一九五〇年某日我在台湾宜兰火车站等车，那时宜兰火车站很小，候车室的椅子很脏，售票口像拘留所送饭的进出口那么大，但是班车时间表的字很清楚，很郑重其事。

那时，宜兰的班车也会误点（现在已是历史陈迹），那时宜兰有个军官大队，他们经常往来于台北宜兰之间。那次车上就有几个军官在座，一个说："火车常常误点，我们写一封信给铁路局好不好？"另一个说："好，我们告诉他应该修改行车时间表。"

我急忙看他们的脸,没有人笑,说这话的人似有愤激之色,他的听众似乎为之动容。我当时想:这是怎么了?当行为违反规则时,他们正经八百地主张改变规则!

他们并不在乎火车何时来到,他们计较的是:你为什么不说实话!火车八点到你就说八点,火车十点到你就说十点,不是容易相处得多了吗?

4. 误点——火车的骄傲

同船过渡,你不知道会遇见什么样的人。

第一位,那站长说,没有行车时间表你怎会知道火车误点。

第二位,那老者说,如果没有时间表,火车来得更晚。

第三位,那军官说,火车既然误点,行车时间表就该修改。

他们共同的智慧是,面对规则时要心冷,但是不能心死。……这智慧,当然不止是从车站得来,他们还经历了许多世事,用海峡对岸流行的话来说,"生活教育了我们。"

在某些时候,误点乃是火车的骄傲。火车那样的庞然大物,它不来,谁拉得动?它要来,谁挡得住?在"当然可以误点"的火车里,列车长一副悍然不顾的神情,只有在准时进站准时出站的火车里,才有谦和从容的服务人员。在"当然可以误点"的火车里,乘客多半如刚刚蒙恩大赦,只有在守时的车厢里才气定神闲。

5. 时间表——一种仰望和祈求

每逢火车误点,候车的乘客总是一再仰望高悬在头顶上的时间表,尽管他早已看清楚了。到后来,那已不是寻常的察看,成了仰望祈求的一种形式。

如果连这一丁点儿形式也不存在了呢，那场面我倒见过。长话短说，且休提什么时候、什么地方，只见赶火车的人成群结队、扶老携幼，进了车站、直奔月台。谁也不看时间表，有些车站干脆把时间表取下来了（你听说过没有，有些车站的时间表，被一群无车可坐的汉子拆下来砸烂了），也没有人去问站长（你听说过没有，站长躲起来，不敢见人了），要坐火车吗，自己到月台上去等吧！

那些人对规则秩序一概绝望了！

只要别弄出那一天来，只要还有时间表可看，哪怕是不甚准确的时间表；只要还有站长可问，哪怕是没有多大担当的站长。

如果你是单独一人，那就带着小说去等车吧。如果是两人结伴，那就带着象棋去等车吧。如果是三个人四个人，那就带着桥牌吧。

你得懂怎么熬。

现在不是火车不再误点了吗，你看，总有一天能熬出来。

是虚线还是绊马索?

——月亮不只是一张光洁的脸,
还有一具黑沉沉的后脑

1. 当心倒楣

许多年前,我奉调进入一个新成立的机构,担任一个主管职位。这个机构在成立前经过仔细规划,由基层单位起,每个单位都有组织规程,在组织规程里,每个单位的权责、单位中每个人的职掌、本单位与上下左右其他单位的关系都规定得清清楚楚。行政管理方面,大如记功记过,小如加班误餐,都有一定的章法。全部蓝图装订成书,俨如经典巨著。

我想,我既然进来工作,理应熟读这部巨著,以求对本机构的整体设计有所了解。可是我的朋友

(也是同事,比我先来一步)他低声警告:"这玩意儿是不能看的,谁看了谁倒楣。"

2. 倒楣?为什么?

我把那本巨构看完了,满心赞叹。它的设计如此健全如此完整,设计者有无瑕的理性。世上真有这样的地方,这是我年轻时的梦境。我怎会倒楣?

几个月后,我知道了更多的事情。在这个机构里,各单位的实际运作跟原设计并不相符。例如,本该是甲单位做的事,却被乙单位抢去;张三把他的责任转嫁给李四;依规定不能报支的款项,常有人破例获准,等等。

进机构和买机器不同。如果你买了一具新式的电话机,当然要先看说明书,依照说明书,你按某一个钮可以把常用的电话号码储存在机器里,你按某一个钮可以把外来的电话录音,你按某一个钮它可以替你反复拨号，你按某一个钮可以把铃声关闭安安静静地睡觉。你照着说明书做，一定行得通。

机构不是这个样子，你不能照说明书办事，说明书说这里有一条路，结果你可能撞上一堵墙。

3. 规则：北纬三十八度

二次大战结束后，南朝鲜北朝鲜以北纬三十八度为界，这很理性很科学的界线，在地图上，这是一条笔直的实线。

后来发生朝鲜战争，共军一度深入南朝鲜，美军增兵反攻又打回去。等到朝鲜战争停火，双方就不能再以三十八度为实际上的分界线，而是依照"兵要地理"在三十八度附近布成一条曲线，这条曲线颇似统计图表上的升降线，忽而在三十八度以南，忽而穿越三十八度以北，在地面上，这是一条虚线。

人事上的种种规则莫非如此。设计者画下一条线，是直线、实线，落实到行为上画成曲线、虚线。机构的组机规程好比北纬三十八度线，机构的实际运作好比战争，经过明争暗斗，攻守进退，加上天时地利，风水流年，形成一时的均衡，再"写下"实际的组织规程。

每一个机构都有若干强者分居要津，他们每个人都要经营自己的曲线，这些线必定互相碰撞，所以每一个机构都可能有倾轧排挤。

骑马驰骤的人最恨什么？绊马索！每一个拘守规则的人都该反问：你是绊马索吗？

4. 规则：写意画大展

当我第一次面对火车时间表扑了个空时，我十分惊诧，没想到这样清楚这样精确的数字表格也是个谎！

章程守则办法等等文件虽然不像火车时间表那

样透明,但是遣词造句不带情感不涉想象,称为"科学的语言",条分缕析纲举目张,称为"科学的形式",我们对它也就产生了对科学一样的依赖。

其实规章办法都是写意,本该用朦胧诗的手法来表达,行政学校从未把这种本领教给科长秘书,只有任他写了,我们用朦胧诗的读法心领神会。

可是学校又不肯把这种读法教给年轻人。《诗经》里有一句话,意思是不必教猴子爬树。猴子自然会爬树,而且喜欢上树远走,所以你只需要给它预备锁链。

人若不了解规则的弹性,若不能适应规则的变奏,他在社会上可能成为一个孤独的堂·吉诃德,对他、对社会未必是好。其中有些人因笃信规则而被骑马驰骤者践踏(这就是我那老朋友说的"倒楣"!),到后来愤而唾弃一切社会规范,造成种种社会问题,别人跟着倒楣。

不必教猴子爬树,诚然。要不要教孩子游泳?

5. 高速公路，速度多高？

高速公路上到处插着牌子标明限制时速六十，可是有几个开车的人真正遵守？情形多半是，只要路况许可，这最高时速乃是最低时速。

就规则而论，超过六十是不对的，可是不对又怎样？有一女郎开车，车速为六十一，被交通警察拦截论罚，舆情大哗，结果受罚的是那个交警。

在学校的操场上，老师在地上画一条线，规定所有的学生退到线后，"乖"学生立刻往后走，走到离线三步远才停住，"不乖"的学生则一只脚踏在线上。高速公路上时速限制为六十，有人"不惜"开六十五，也有人"宁愿"开五十五。

性格、胆识之外，还有个因素是本领，"艺高人胆大"。

每一个机构都有规则，每一套规则都造就两种人：狂者过之，狷者不及。用乡野俗语，那就是："胆大的撑死了，胆小的饿死了。"

哪里有规则，哪里就有不公平。

6. 老板：遭人误解的角色

我一度认为做老板的人应该维持公道。那时我初出"茅庐"来自乡村，对老板有虔敬的仰望。后来我发现许多涉世未深的人与我同病。我们全都失望了，因为我们对老板所担当的角色一无所知。

有一位著名的学者担任某某大学的院长，论年龄论资历都很高，可是他做学问太专心了，对世俗不甚了解。他服务的大学计划盖一座大楼，他希望新楼有一部分空间归他的学院使用。校长当面答应了，也接受了他的书面文件。可是新楼落成，若干单位迁入，他的学院连一间也没分到。他问校长什么缘故，校长说："大家都来抢，唯独你们学院没有动静。"这位担任院长的学者大吃一惊："原来得自己动手抢才行！"他辞职不干了。他也不了解老板是何等样人。

为了说明老板是何等样人,我们得写很多文章,这里先说一句话:老板不是一根米达尺。商鞅主张"强者不多取,弱者不多予",他倒有机会大展抱负,可是他何尝做到?任何人做老板都要笼络强者,对吧?笼络强者就不免牺牲弱者,对吧?老子曰:"天之道损有余以奉不足,人之道损不足以奉有余。"老板毕竟是人,他不是天。

7. 一个老板的故事

这个故事是虚构的。

假定世上有三十个人,每天只有十五碗饭,你希望老板怎么办?他主持分饭,每人半碗,不多不少,对不对?

他会这么办。可是主持分饭的人送到老板面前来的饭并不是半碗,而是满碗。老板心里想:"我是老板!"就毫不客气地吃了。大家知道了,也暗想:"他是老板!"也就默认了。

那负责分饭的人本来也吃半碗饭,可是后来,他给自己多添一点;后来,他越添越多,也差不多快要满碗了。老板暗想:"既然大家不说话,我也装做没看见好了。"大家的想法则是:"既然老板不管,我又何必出头?"

过了一些时日,老板觉得有些孤单,就挑出两个强壮的人来做保镖。保镖必须多吃一点饭,才与他的使命相配,于是,这两个人也分到满碗。

不久,其中一个保镖恋爱了,大丈夫顶天立地没办法多给情人弄口米饭,情何以堪?她的碗也装满,理所当然。

现在计算一下:三十人中,有五个人吃满碗,剩下十碗饭由二十五个人分。

8. 十碗饭，怎么够分配？

故事还没完呢。

十碗饭，二十五个人，"公平分配"是不能服人的，聪明的老板、有作为的老板自有一套办法。他公布：在这二十五个人中，每天有四个人可以吃到满碗。

譬如，今天是甲乙丙丁四个人满碗。到明天，甲被删除了，戊补上来，乙丙丁戊四个人满碗。后天，乙丙除名，甲再度上榜，甲丁戊己四人满碗……

二十五个人，十碗饭，四个人吃到满碗，二十一个人共同分食六碗，可是这二十一个人每天每人都有希望吃满满的一碗。希望常常落空，但也常常实现。他们在梦想和现实的夹缝中使出浑身解数。他们对老板永不绝望，一如乘客对火车时间表永不绝望。

故事还没有完呢……

9. 生命中不可错过的智慧

哪里有老板，哪里就有不公平。

你对这样的老板不满意吗？恕我直言，你我一生未必能有幸碰上这样杰出的老板：在他手下二十五个人吃十碗饭，从来没有人打架。如果讲打讲抢，你我恐怕一粒米也难沾唇，连饭碗都打成了碎片。

当然，老板并不都是这个样子，老板这种人博大复杂，绝对没法以一个故事说个周全。这年月，什么书都有人写，怎没人写一本《老板一〇〇》，用一百个典型，把种种老板的气质性情、权术谋略、道德文章、风度趣味、长短得失等等来一次空前的大公开，给创业的人观摩，也供为人作嫁者参考。

如果有这样一本书，那才真正是"创造自己"，那才真正是"生命中不可错过的智慧"……

10. 智慧：时速六〇

天地间随处有智慧，看你同船过渡遇见了什么样的人。

某日，我在朋友家结识了一位青年牧师，他谈话很有灵力。闲谈中提到守法，他说有位教友提出一个问题："高速公路限时速六十，可是我们常常开到六十五或七十，算不算犯罪？"

他好像一直在寻找妥帖的答案，而我当年在火车误点时听过一位老先生的教导："你看火车不是终于来了吗，这就多亏了有一张时间表。……要是根本没有时间表，火车也许明天上午才来，也许明天下午才来。"我了解规则的实线和虚线，虚线脱离实线而又依傍实线。于是我对他说："时速六十的意义乃是：你不可以超过七十。"他问我这话可有出处，我说，有出处，来自"天启"。

11. 智慧：到底有没有天经地义

一个人，当他自己驾驶汽车的时候，他就是一个老板。而每一个老板领导员工推进业务时，也好比在驾驶一部汽车。他们都不能绝对遵守规则。

诚然，他们时时违犯规则，可是他们也不能完全抛弃规则，规则时时刻刻在他们心里，不管他是如何大开大合，他仍然围着规则打转。他长袖善舞，舞姿万千，但始终维持重心。——只要他是够格的舞者，够格的驾驶，或者够格的老板。

一个心目中完全不知道有规则的人，因果律自会纠正他批判他惩罚他。也许世上有人可以规劝他，那绝不是他的迷信公道一脑子正义感的部下。依老板的经验，自私自利的人可以做好部下，只要给他少许甜头就是，有空洞理想的人要不得，他们不知好歹，不识抬举。

老板和驾驶人一样，他完全了解规则，他审度情势随时调整对规则的态度，他违反规则的时候也就是他温习规则的时候。所以,世界上虽然出过多少英雄奸雄枭雄,做了多少离经叛道的事,但人世的若干基本规则不朽。

你若问我到底有没有天经地义,我的答复是"有"——是这个样子的"有"。

功臣与奴才

——难免作茧自缚 贵在化蛾出茧

1. 二流的待遇,一流的人才

纽约有一个很能干的人,他办了一份报纸,上面错字很多,标题时常不通顺,更难免漏掉了重要的新闻。

这些缺点他都知道。谈到改进,他说:"我们没有钱,请不起好手。"

我对他提起一件事。美国报界曾经出现过一个怪人,专医"病报",哪家报纸办不下去了,打不开销路拉不到广告了,请他去当家作主,起死回生。他的药方是什么?请好手。他怎能请到好手?此公有一个了不起的本领，可以用二流的待遇请到一流的人才。

一流的人才当然追求一流的待遇，可是，一流的人才未必能适应那个"一流待遇"的环境。这专医病报的人能够使一流人才得到合意的环境，这时，物质待遇上的那点差额就不重要了。"一流人才"嘛，有其精神层面的需求，并不唯利是图。

"用二流的待遇延揽一流的人才"，我很热心地把这个观念灌输给他，可是他说："我可以把这些人请来，没办法把这些人送走。"

我始而愕然，继而恍然，终于悚然。到底大小是个老板，想得比较周延。他由创业想到守成，由共患难想到共安乐，由登坛拜将想到杀功臣。

2. 假如阿斗是帝王材料

数千古功臣，人头滚滚。白起死矣，吴起死矣，商鞅死矣，韩信死矣，英布死矣，彭越死矣。……

广义的杀功臣连"杯酒释兵权"也算在内。韩信说过两个比喻，一个是"飞鸟尽，良弓藏"，一个是"狡兔死，走狗烹"。他自己的遭遇是"走狗烹"，杯酒释兵权是"良弓藏"。

汉武帝要立太子，先把太子的生母杀了，这是"杀功臣"的"别裁"。杀人的理由是太子年幼，生母年轻，武帝年老，一旦武帝死了，幼主即位，怕太子的生母干政，更怕这个年轻寡妇把结党干政和秘密恋爱综合实行，刘氏王朝危矣。

孔孟一生都没机会做开国元勋，我们也许不必为他们惋惜，也许应该为他们庆幸。如果他们真个实现了生平抱负，最后下场也许十分凄惨。

我们读三国，常以西蜀出了个"扶不起的阿斗"为莫大憾事。不妨换个想法：阿斗若有一分帝王料子，早把诸葛亮宰了。诸葛上表出师，对阿斗自称"愚"，又说"临表涕零，不知所云"，像话吗！只消兴一次文字狱，即"长使英雄泪满襟"矣。

当然，阿斗若杀诸葛，必定提前亡国，亡国后必定为司马氏所杀（因为他尚有一分帝王料子），自来人主以庸愚得祸，而阿斗以庸愚延长国祚，以庸愚保全性命，异哉。

3. 先感后怨，先信后疑

杀功臣是人性的悲剧。

第一，人主立业必得重用本领胜过自己的人。汉高祖刘邦坦白地说过："运筹帷幄之中，决胜千里之外，吾不如张良；充实国家，安抚百姓，宽筹粮饷，吾不如萧何；统百万之众，战必胜，攻必取，吾不如韩信。"

人主在大敌当前的时候，对那有本领的人解衣推食，倚为长城，等到太平无事，注意力向内集中，他会想："这家伙会不会用他的本领对付我？"

人主坐在宝座上，看见他的儿子，他那年少懵懂的儿子，他那"生于深宫之中、长于妇人之手"的儿子，难免更加忧惧："凭我的修为，还可以对付那些家伙，一旦我死了，我的儿子如何能安安稳稳坐在这里？"

他这样想也许是错了，可是人性俱在，谁能不这样想呢？

那些有本领的人，当初拼打江山，要风就是风，要雨就是雨，哪句话说错了，哪件事办错了，哪处礼数怠慢了疏忽了，老板不但宽容，还微笑表示欣赏。那是什么样的气氛！

后来就不是这个样子了！以前是老板看你的脸色，现在你看他的脸色。以前是老板迎合你的心意，现在你迎合他的心意。以前，老板的"最爱"是你的战果，现在你发现他另有所好。以前，老板最亲信的人就是你，现在你发现他另有亲信。这时，你对老板是先感后怨，老板对你也先信后疑！

这样想，也许错了，可是人性俱在，谁又不这样想呢。

人性的线,有一天交叉在某一点上,那就是悲剧的爆发。

4. 第一种解救:张良模式

试试看,怎样打破这个茧呢?

有一种办法可以称为"张良模式"。张良在辅佐刘邦取得天下后立即辞职退隐,说是到什么山上一棵松树底下找一块黄色的岩石去了,从此再无消息。他还有个儿子在汉朝做官呢,他也断绝了父子关系。

张良比他的前辈古人范蠡洒脱。范蠡在了却吴越恩怨之后,知道越王勾践"只可共患难,不可共安乐",也隐姓埋名,远离政治,"五湖寄迹陶公业",成为中国商人的祖师爷。他做生意发了财,有了钱又不爱钱,把赚来的钱散给穷人。这"三致千金而三散之",他还在显本事,露两手,不能忘情。

范蠡走了,虽然行迹显露,而且有收买人心的嫌疑，越王也没有派人监视他，拘捕他，或者把他暗杀了，这个老东家也还有三分厚道。张良比范蠡做得更彻底，他完全脱离了汉朝的触觉，消失了，普天之下、率土之滨、从中枢到神经末梢全没有反应了，高祖没有成立常设的办公室长年追踪调查，怪不得司马迁说他豁达大度，他的确太"大而化之"了吧。

5. 第二种解救：陈平模式

或者还有一种"陈平模式"。陈平也是兴汉灭楚的大功臣，六出奇计，封侯晋爵，而且在高祖死后做了右丞相。那时吕后当权，政情复杂，丞相难做，好在除了右丞相还有个左丞相，左丞相审食其是吕后的亲信。陈平故意不执行相权，大小政事都推给左相，自己每天享受醇酒美女。

这"醇酒妇人"是许多功臣的续命丹。萧何不爱美酒美女，他爱良田美屋，效果是一样：皇帝认为此人已无大志。岳飞号召"武官不怕死，文官不爱钱"，岳家军军纪严明，"冻死不拆屋"，这人究竟想干什么？岳飞被捕受审，在法庭上脱衣袒背，让审判官看他背上的刺字："精忠报国"，他是要表明心迹，却不知他正是死在这四个字上。

6."真宰相"真多事

想想隋朝功臣高颎的故事。高颎在隋，有"真宰相"之称，他不但是杨坚篡位的得力人手，也是出兵灭陈统一南北的总设计师。

隋师伐陈，以隋文帝的次子杨广（也就是后来的炀帝）为名义上的统帅，实际上由高颎指挥。高颎率军先入陈国的京都，俘虏了陈后主和贵妃张丽华。那张丽华是出名的美女，杨广"心仪"已久，立即派使者到前方告诉高颎，张丽华是他的战利品。

高颎这个人想不开。天下都是人家杨家的了，何在乎一个女俘？可是高颎另有想法，他认为这种亡国的美女不是吉祥人物，留给隋朝终是祸水。他不顾一切把张丽华杀了，算是为隋除了后患。杨广哪里领他这份情，杨广恨透了，他说："大德必报，我必有以报高公矣！"这是反言若正。等到文帝死后杨广即位，高颎收到回报，以讪谤朝廷被处极刑。

杀死张丽华，究竟何利于国？何利于民？那时杨广正在弄虚作假，一心想夺太子的地位，他知道母亲独孤氏性情奇妒，既不许丈夫临幸嫔妃，也讨厌太子二色，他只守着一个萧后。这一招很得独孤氏欢心。倘若让杨广得到张丽华，一个倾国美女的下落势难掩盖隐藏，说不定杨广的假面具提前拆穿，太子杨勇不致被废，隋朝也不致出这个祸国殃民的炀帝，二世而亡。

所以"老板自有老板福，莫为老板做冤大头"。所以《孙子兵法》说："谋有所不用，利有所不取，军有所不击，城有所不攻。"用兵如此，处世亦然。

7. 注意，他现在需要奴才了

人主在创业时需要人才，若不重用人才，有"明显而立即的危险"。成功后需要使用奴才，他也知道奴才是个负数，但是他已不怕亏损，他估量负担得起。

与人才相处是很累的，与小人奴才相处则轻松愉快。人主需奴才如需情妇，如需名犬，如需热水浴加按摩。

人才建功立业时的形象对人主构成压力，所以功臣自全之道是在适当时机自动变为奴才。

就说韩信罢，刘邦问他："你看我能指挥多少军队？"刘邦那时已经怀疑韩信了，已经把韩信缚在车后——就像在古装电影里常常出现的镜头，绳子的这一头绑着他的手，绳子的另一头拴在车后，像牵着一头畜生——大大地羞辱过了，他忽然向韩信提出这个奇怪问题，韩信应该看出他的心态，他是向韩信表示"我现在需要奴才了"。韩信不察，居然说刘邦只能指挥十万人。

"那么你能指挥多少人?"刘邦再问。

他居然说:"越多越好!"从这时起,他死定了。

再说周亚夫吧,他是汉文帝汉景帝时候的名将,平定七国之乱,重安汉家天下。天下既定,皇帝就不怎么迁就他了,有一天,景帝请他吃饭,给他一大块肉而不给他刀子筷子,景帝的心态很明显,他表示他现在需要奴才了。皇帝"赐食",不吃是不行的,周亚夫应该用手把肉撕开恭恭敬敬地吃,可是他做不到,他忘不了自己是人才,居然大声叫侍者送刀箸来。他过不了关,最后是负屈含冤吐血而死的。

8. 叔孙通的"乾坤大挪移"咒

刘邦初登大宝之时,朝臣和人君之间没有一套具体的仪节,因而有"叔孙通定朝仪"。朝仪应该有,问题是有礼无节,皇帝的威严太大,文武百官的人格太低,低到几乎没有。朝仪一出,所有的人才一夕之间都成奴才。

好个叔孙通,他定的朝仪太繁琐太严苛了,他深深了解,无论多么不合理的桎梏,只要他加上去,没有哪个该死的官僚敢减少,要减由皇帝自己减,可是皇帝怎么肯?刘邦坐在宝座上还说如今才知道当皇帝的滋味不坏!

好个叔孙通,他知道要做奴才就得有十足的奴才相,要让主子看出来你甘心情愿、死心塌地。如果在他制定的朝仪之中给臣子留了余地,如果看上去奴才不十分像奴才,如果有人出面检举,提出补充,功是那人的功,过是叔孙通的过,那才"划"不来!

而韩信厌恶朝仪,常常称病请假,见周勃樊哙小心翼翼伺候皇帝,面露不屑之色。

如此韩信,始终未能变化气质,枉为人杰还是不愧人杰?

9. 世界上最好的老板是……

早就没有皇帝了,这些古人古事,对我们有何意义呢?

当然有意义,因为三百六十行,行行有"皇帝"。这些有引号的"皇帝",和从前没有引号的皇帝,人性相同,心念大致类似。

从前孟子对梁惠王说,大王好色,百姓也好色,大王好货,百姓也好货。这是圣人之言。我不是圣人,胆敢后续一句:大王杀功臣,百姓也"杀功臣"。中山先生说得好,中国有四万万个皇帝(当时中国人口为四万万人)。

不仅因为人性相同,人类也只有那么几套本事,所以"历史并不重演,只是往往类似"。所以鉴往虽不足以知来,博古应该可以通今,了解帝王将相,借以了解张王李赵;了解没有引号的帝王,即所以了解有引号的帝王。

人,究竟应该做一个什么样的人?像严光,一辈子反穿着皮袄钓鱼，许多人做不到，因为有理想有热情。像张良，功勋盖世突然失踪了，许多人做不到，因为有欲望有利己心。像郭子仪，任凭皇帝怎样折辱也安之若素，许多人做不到，因为有荣誉感和自我尊严。于是，人生就痛苦了，有人说世界是个苦海。

减轻痛苦的办法，也许是自己做"皇帝"——注意，这个皇帝有引号。

怪不得这边出现了雨后春笋般的个体户，那边出现了山头林立的小企业。

有一个人，他家三代百年历事八姓十主，他告诉我，世上最好的老板乃是自己。

是以君子恶居下游

——狗咬武训时,阁下有何感想?

1. 你见过大楼启钥吗?

某某公司新盖了一座大楼,大楼落成之后,使用之前,有个仪式叫"启钥"。

"启钥"这天,董事长龙钟而至,男秘书女秘书左右搀扶,总经理以下各级干部鱼贯在后,大门口自是悬灯结彩,花团锦簇。门外草坪上耀眼的乐队奏出洋洋盈耳的音乐。

大楼的落地玻璃门锁着。男秘书上前一步,把五英寸长黄澄澄的一把钥匙放在董事长"瘦金体"的手里,董事长抓起钥匙,颤巍巍朝钥匙孔一送,啪的一声戳在玻璃上,他没对准。女秘书赶紧握着他那只发抖的手,帮他把钥匙插进去,再握着他的手向右旋转,大家一致倾耳听那声"咔嚓"。

钥匙抽出来,玻璃门推开,大家鼓掌,紧接着是惊天动地的鞭炮,由楼顶垂到地面,轰它个花开富贵、步步高升。

2. 马桶旁的官场

照例,董事长要巡视全场。他走到厕所门口,忽然想方便一下,老人尿多。男秘书怕老板摔跤,寸步不离,跟着进去,总经理副总经理则肃立门侧,静听全部过程。

董事长出来了,他身旁的男秘书对总经理说:"厕所里没有水。"总经理大吃一惊,竟有此事!今天是黄道吉日,万象更新,马桶必须一尘不染,光可鉴人。他朝着副总微微翘了一翘下巴。副总转身对一旁的事务科长说:"立刻把马桶洗干净。"事务科长一招手,跑过来一个事务员。

总经理紧紧跟在董事长后面,副总经理事务科长又紧紧跟在总经理后面,远了。事务员原地不动,寻思:"清洁公司派来的人刚刚收工回去,要明天早晨才会再来,这工夫找谁洗马桶?只好我自己动手。"他四面张望一下,怏怏走进厕所。

3. 把炸弹一层层交下去

某厅长走进办公室,一眼看见桌上摆着邮差送来的纸盒,没错,是寄给他的。

厅长想起报纸登载的邮包爆炸事件。"这里头会不会是个炸弹?"他把科长叫来。"你把这东西拿到院子里去拆开。"

科长心里明白,双手捧着纸盒朝着李科员走去,他把纸盒放在老李的位子上。"你拿出去打开看看是什么东西。"李科员立刻转脸高喊工友老孟,邮包落在老孟手上。

老孟早在一旁观看良久,他料到结局如此,立刻挟起邮包直奔那条河。然后,这一天他在外头打牌,没回去上班。

第二天,没人问他昨天旷职,单单问起邮包,他说,我把它丢到河里去了。你怎么可以朝河里丢?老孟拉长了面孔:"我还能怎样?你们把这件事情交给我处理,就是教我把它丢掉。"

4. 脂粉总是擦在脸上

社会组织好比一个人,上有头下有脚,身使臂臂使指,清气上升浊气下降。

头最尊贵,许多好东西都堆在头上,帽子上又宝玉,发夹上有钻石,脖子周围有珍珠,人还嫌不够,还叮叮当当挂在耳朵上,不惜在耳朵上穿洞;还晶晶亮亮挂在鼻子上,不惜在鼻子上穿洞。胸离头不远,也能分到别针,手时常与头接近,还能分到戒指腕镯。腹脐以下就是另一个世界了。

古人说"宁为鸡口,勿为牛后",这话人人会用,可是有几人真能体会它的深意呢。鸡口有什么好?你看好吃的好喝的先从口里经过,然后是胃,然后是肠,一级一级把好的留着,坏的交下去,到后来,即使是牛后,也只有屎尿,只有又臭又骚的废物。有机会你不妨看看牛屁股,尤其是尾巴掀开时的牛屁股,看看那副模样、那个处境。

5. 买瓶香水倒在河里?

人生在世好比一条河,河有上游下游,人类社会有上流下流。上游的风景流不到下游来,上游的垃圾却不断流下来。住在上游的人还真爱朝水里吐口痰、撒泡小便,还真得意。真有优越感!

像苏州那样的城,拿河流做街道,住家最苦的就是下游淘米、上游刷马桶。你不乐意,可是不乐意又怎么样?这种地带的房子,越上游越贵,越下游越便宜。有时候,并排两栋房子不过"一步之差",两栋房子的身价就不同,上栋房子先卖掉,下一栋后卖掉,住在上一栋房子里的人就觉得比下面那一家高贵幸运。不错,他上面还有很多家,还有半条街,可是比较起来究竟少了一家,少一些委屈,少挨一些糟蹋。

古人说"力争上游",我的国文老师始终没把这句话解释清楚。我还说上游有什么好?下游有什么不好?下游的河面宽,经济繁荣、人文荟萃!唉,真是愚蠢之至!至为愚蠢!

6.浮尸不会逆流而上

曾国藩治家很严,对佃户宽厚,对穷亲戚穷本家肯帮忙,打完了仗回家做乡绅,不贪恋官位。当他兵权在手的时候,王湘绮劝他造反,他用手指蘸着茶渍在茶几上写道"此妄人也",端茶送客,并没把王湘绮逮捕了送给清廷(岳钟琪就逮捕了曾静,引发酷烈的大狱)。

可是曾国藩是大有为者,有他的另一面。他统兵和太平天国对抗的时候,有一军官自前线回来告密,检举某将军通敌。曾大怒,斥责这个军官诬告上级,下令立刻处死。

然后,驻守前线的某将军来了,他要叩见曾国藩,感谢大帅英明果断,要不然,他就被小人陷害了。曾大帅立刻下令逮捕他,以通敌罪斩决。

这是怎么一回事?原来此人通敌是真,曾国藩早就知道了,他故意不动声色,等机会下手。曾氏杀死告密的人,表示对某将军的信任,引诱某将军放松戒备,自投罗网。

大帅执法,通敌者伏法,谁也没话说。可是那个告密的军官,那个倒楣鬼,就这样送了性命,成什么名堂？名堂倒有，下围棋有所谓死子，大帅拿他当死子，把他牺牲了。

曾氏熟读经史，当知道郑武王伐胡的故事。郑有心吞胡，先把女儿嫁给胡君，结为姻亲。后来郑武王召开会议，说是郑国强盛，应该对外用兵扩充领土，要群臣提供建议。有一个大夫主张伐胡，郑武王大怒，说明是兄弟之国，怎可自相攻伐？他立刻把那个大夫杀了。消息传到胡国，胡君非常安慰，非常放心，对郑国一点防备也没有，所以郑国一个奇袭就把胡国灭掉。

这个郑武王更狠，他不但牺牲了一个忠臣，还牺牲了一个女儿。

上游的人可以拿下游的人当牺牲品，你想拒绝简直不可能。要你命的事未必有，要你牺牲利益，牺牲尊严，牺牲事功，你该义不容辞了吧。

7. 最伟大的伙计，仍然是伙计

"人才之盛，莫盛于三国。"而三国人物，据说诸葛亮是"三代以下，一人而已"。但他上头有老板刘备，他一见刘备，甚至一想到刘备，那羽扇纶巾的潇洒就不能维持。他对刘备可谓"竭肱股之力继之以忠贞"矣，别的不说，东吴派他的哥哥诸葛瑾为特使入蜀，在蜀主持军国大事的诸葛亮为了避嫌，除了外交会议，没跟他哥哥说过一句话，除了官式宴会，没跟他哥哥喝过一杯茶，其黾勉事刘岂止谨慎二字？

刘备对诸葛一直十分信任，自称"如鱼得水"，但到了必要的时候，刘备的"老板习性"露出来，他起了疑心，要使一使权术。他死前对诸葛亮说："我的儿子不成材，这西蜀的王位将来由你接替吧。"诸葛亮一听，这不是想要我的命吗，连忙摘了帽子跪在地上磕响头，发誓要好好辅佐阿斗的江山。那副狼狈相你可以想象。

8. 最差劲的上司仍然是上司

刘阿斗可以说是最差劲的一个老板,诸葛亮可以算是最"伟大"的一个伙计,然而阿斗一直可以往诸葛怀里丢垃圾,诸葛一直恭敬小心地替他收拾。

诸葛的《出师表》,有人说是用父执辈口吻"教训"阿斗,但是经金圣叹用批《水浒》的方法那么一批,却发现诸葛的委屈,诸葛的恐惧,诸葛的低姿态。有人说:"读《出师表》而不下泪者,非忠臣也。"金圣叹不能算"忠臣",他也哭了!他由《出师表》想到伙计难做,他为天下的伙计一哭。

9. 九泉之上,金字塔之下

当然,真正垫在金字塔底下的,是"汗滴禾下土"的老百姓。他们在下游的下游,他们下面还有什么?除了九泉!

抗战时期，大后方有一保长，自题其家曰"仰止堂"。他的意思不是"高山仰止"，他有他的幽默。

那时实行保甲制度，人民十户为一甲，十甲为一保，保是最小的行政单位，政府的公文到保为止，保以下不再行文。

那时的公文有繁琐的格式，与我们现在所见到的公文不同。上级单位写给下级的公文，照例有一句"仰即遵照为要"！假定公文由中央发出，它告诉战区司令部"仰即遵照为要"。战区把中央的规定转给省政府，要他"仰即遵照为要"，省府照例办公文给专员公署，专员公署办公文给各县，县以下有区有乡有镇，一路下来都是"仰即遵照为要"，到保为止，故曰"仰止"。

"仰止"与"高山"也脱不了干系，人之上的确有十万大山。有人换个比喻，美化了，他说老百姓是大海，人把那么多脏东西丢进海里，海依然蔚蓝。

可是今天，海洋污染的问题终于发生了，大海毕竟也有容纳不下承受不了的时候。

故事里套着故事

—— 假设越多　意外越少

1. 一个奋不顾身的女孩

这是哪一年的事情？那时台湾的各大城市开始繁荣，而贫民窟还没有消失，这里那里都有许多穷苦的人家，那是真正的穷苦，生了病没有钱买药，吃菜要到菜市场捡拾人家剥下来丢掉的菜叶。那时节制生育还没进行，夫妻俩结婚二十年生了一排孩子，由十八岁的大女儿到襁褓中的老七，中间两个送给了别人，家里还有五个。那时长辈都长寿，爷爷奶奶还在，爷爷已经没有力气吐痰了，奶奶的眼睛只能看见一公尺以内的东西，两老活得很坚强，只是处处得人伺候……

那时从远处来了个远亲,她看了看像黑洞一样的房子,看了看赤条条拖着鼻涕、在鸡粪鸭粪中间爬行的孩子。"唉,你这日子怎么过呢!"她看那快要五十岁的丈夫累得弯着腰走出走进,看那妻子两根青筋虬结的粗腿、一对红肿的眼泡,"唉,你这日子怎么过呢!"然后她看见那个十八岁的女孩子,她脸上的阴霾一扫而空,她拉着那女孩的手,十分怜惜地理理女孩的乱发,仔细看了她的五官四肢,用如释重负的语气对那个做母亲的说:"想不到你们两口子生了这么漂亮的一个女儿。"

然后,那远来的亲戚拉着女孩的母亲,悄声告诉她:"你这个家还有救。"

2. 一个绝处逢生的家庭

十八岁的女儿跟着远亲走了,走向一座遥远的大城,那城以前从未与她家发生直接的关联。进城后两个星期就汇钱回家,那是一笔大钱,她家从未见过这么多钱。可是第二年,女儿十九岁的时候,汇来的钱更多。女儿二十岁的那年,她们家盖了新屋,女儿廿一岁,祖父祖母干干净净死在医院里。女儿二十二岁,二弟考上高中,三弟进了初中。

做母亲的常常在深夜痛哭,她红肿的眼睛始终没有多大改变,她的粗腿完全消下去了。做父亲的满口牙齿都坏了,牙痛折磨了他十几年,他可以反攻了。他索性把牙齿拔光,换上全副假牙,看上去年轻不少。他站在那里顶天立地,腰疼的老毛病不药而愈。

女儿二十四岁,原来的贫民窟也有了很大的改变,豪华的东西,电视机、冰箱、摩托车,源源进入每个家庭。这些东西他们也照样往家里搬,人家有什么,他家就添置什么。

虽然年年月月添东西,却总是没见女儿回来。

3. 一种矛盾的痛苦

女儿二十八岁了,她远行十年了,她始终没有回家,她的父亲三令五申教她不要回家,能回来探亲的只有她的照片。

做父亲的得了一种病:胃痛,也许不是胃,是心口。有时是隐隐作痛,有时痛得满床打滚。他有钱看最好的医生了,医生问他多半在什么时候发病,他说饭后。他隐瞒了另外一半;如果有人当面提起他的女儿,他立刻脸色骤变,疼痛如绞。

老二大学毕业了,变成知识分子了,他也到遥远的大城里去,在那座大城里学以致用,跻身上流社会。据说某公对他颇为赏识呢,可以说前程似锦。可是他有他的忧患。某公一旦知道我有一个什么样的姐姐,那可怎好?有这样一个姐姐,教我怎样管理别人?教我怎样追求理想的对象?

姐姐是我前途上的地雷。居然我是依靠这样一个女人的资助完成学业。这实在可耻,恨不得年光倒流，重新来过。她到大城里来捞钱怎会是为了我！世上哪有这种事！还不是自己好逸恶劳、贪图享乐！结果连累我一辈子！

他希望这姐姐马上死掉。他当然不会跟她见面。他也不愿意再回原来的家，因为老家一定有人问："你姐姐现在怎么样？"

4.过度的善良会摧毁它的本身

为什么要把这个故事告诉你？因为我在笔记本上找到两段话，一段出自莎翁笔下：

过度的善良会摧毁它的本身，

正像一个人因充血而死去一样。

第二段话没有记明出处，莫非是我自己的感想？

任何一种行动（包括善行）不可任其过分发展，否则即是畸形，足以毁坏全体。

什么叫过度的善良？那就是"你这个人太好了！"

什么叫过分发展的善行?那就是"你对我太好了!"这两个"太好",对身受其惠的人形成很大的压力。心理学家一致告诫我们不可长期生活在压力之下,那会得精神病的!然则如何避免呢?

防患于未然,当然是首先不要接受别人的"太好"。我承认这件事很难做到。以前面所讲的故事为例,一个年轻人,有人帮助他去读大学,教他如何拒绝?不过世上确有坚辞各种优惠的人,可惜世人无法了解他。

第二个办法是接受,然后补报。我想大家对这个办法都没有异议。问题是,以"过度的善良"发为"过分的善行",有时教人无法补报。以前面所讲的故事为例,那个弟弟如何补报他的姐姐?

5. 恩能生怨,恩即是怨

在这里,有一个非常重要的现象,那弟弟认为姐姐妨碍了他的前程，妨害了他的名誉，他由受益人一变而为受害人。这样就有了摆脱精神压力的可能。

看来那弟弟也是个善良的人，唯其善良，才觉得那无法补报的恩义折磨他，才必须由受益人转换成受害人解除心灵上的压力。否则，鸟见虫来到嘴边，吃掉也就是了。

别看鼓儿词不登大雅，在鼓儿词里面男女分手的时候，女的流着泪对男子说："多想我的坏处，别想我的好处。"这句话包含着启示，这句话就是告诉那男子如何解除心理的压力，希望他自我调整身份为受害人。

大官失势、富商破产的时候，照例有一群人想他的坏处，想自己这些年追随他依靠他，受了多少颐指气使，听了多少呼来喝去。尤其是那大官的太太，那富商的子女，把他们当做门下食客，何尝尊重过他们？甚至，某年某月某日，大官把一个好缺高缺给了别人，使他饱尝挫败之苦。

这么一想，他就认为多年来种种迁就，种种忍让，种种趋走逢迎，已经对某公的提拔是一种报答。

他再三核算之后，决定换一个趋走逢迎的对象，即使那人是某公的政敌，他也庶几无愧。

这种人也很善良。

恩怨恩怨，恩能生怨，恩即是怨，怨即是恩。

6. 绝招——有此一说

单凭暗中换算，有时仍然不能替自己定位。有一个心理学者建议实行如下的绝招。

自书籍成为商品以来，若干著作人为了效忠读者，那"天命不足畏、祖宗不足法、人言不足恤"的劲儿，令人恐怖。他说，你无论如何不要再折磨自己，你该去折磨那个无法回报的人。他说，施者可以做到不望回报，但不易忍受你的伤害，哪怕是很小的伤害也令他创巨痛深。

他说（如果你能忍心听下去），你可以做几件对不起他的事情。他能忍受其一,不能忍受其二,他能忍受其二,不能忍受其三。他终要翻脸攻击。你不就变成受害人了吗?

受者急于摆脱施者,一定是受者由弱变强,施者由强变弱,受者不再需要施者,而施者可能需要受者。旁观者并不希望你们有"管鲍分金"之类的佳话,他们可能正在嫉妒你们的关系,你们的决裂是人人称快的事情。活该,哪还有人管谁是谁非。

两造争执,涉及私人恩怨,你周围的人自然"西瓜靠大边"。听说过没有,这是农民的智慧,你搬一个大西瓜放在桌子上,再搬一个小些的西瓜放在桌子上,小西瓜就会朝大西瓜身旁滚过去,依附着大瓜。必须注明,当年农家的桌子都用木材制造,桌面比较薄,大西瓜的重量足以使桌面凹下去,使小西瓜滚过来。

一个发了财或做了官的人在亲朋间争取"舆论"不难,只要过年过节请一次客,甚至只要碰头时亲切地拉拉手。甚至连这个也不需要,人大概都会把有钱有势而又略有交往的人储做"三年之艾"。

昔之受者今之强者会听到许多人告诉他："你也算是仁至义尽了。"第一次听到时受宠若惊，第十次听到时就深信不疑。

7．弱者的善行——茶与同情

事情发展到这个程度，真是何必当初！要怪只能怪你那不自量力的善行，逼出别人的恶来。

弱者不可行大善，只能行小善。在好莱坞的一部电影里面，一个女教师的丈夫说，每个学生都有烦恼痛苦，我们能给他们的只是"茶与同情"而已。女教员不听，结果麻烦大了。

当年中视有一部十分叫座的连续剧：《苦情花》，演一个女孩子如何为了大家庭牺牲了自己一生的幸福，她在道德上完全站得住，但是最后受本乡本族排斥竟无容身之地。

我与《苦情花》的制作人相识,问他何以安排这样的结局,他说:"就是这个样子。应该这个样子。"

他问我:"像你这个年龄的人,怎么没读过《织工马南传》?这是你们年轻时风行的读物。"我想起来了,果然"这个样子"。

8. 不要遇见试探

佛家为了救人可以"舍身饲虎",可以"先入地狱",那是因为你若这样做,可以成为菩萨。《苦情花》和织工马南以及"奋不顾身的女孩"并未成为菩萨,而是做了鲁迅笔下的"人渣",不仅激发了亲友的恶念,也动摇了旁观者对天理公道的信心。他们简直好比朝臭氧层撞出一个大洞,成了"心灵环保"的罪人。你,你这个不量力而行的,要负责任。

耶稣可以牺牲自己拯救别人,因为耶稣是神。你是什么?

你我都是人，在人群中打滚，受人杰左右，从他们那里讨一点，学一点，完成一个"我"。

向老板进谏，"致君尧舜"乃是大善，你如果想这样做，先估量自己是何等样人。

如果你只是寻常百姓，而你的老板是人杰，你要学习如何与他共处，共事，共同成长。你来，是要改进自己的命运，不是改进他的习性。

每天祷告："不要我遇见试探。"也就是忍住冲动，不必牺牲自己去改进别人的命运。

墙后的跷跷板

——"朋友":本券限当日有效

1. 朋友的定义

俗语说得好:

你有我有,
就是朋友;
你有我没有,
不是朋友。

乡下人老实,看得透,说得破。

2. 金兰帖

在《三国演义》里面,刘备、关羽、张飞结为异姓兄弟,有福同享,有难同当,不愿同年同月同日生,但愿同年同月同日死。这叫"结义",也叫"拜把子",这种关系叫"盟兄弟",也叫"把兄弟"。这种关系的典范就是三国时代的刘关张,后世拜把子结义的人都在刘关张的像前宣誓。

结义的人照例要写一份证书互相交换,上面写着每一个人的姓名籍贯出生日期,写着他们宣誓结义的誓词,每个人都签名盖章或捺上指纹。这份证书叫"金兰帖",直取义"二人同心,其利断金;同心之言,其臭如兰"。

结义的弟兄又叫"换帖的弟兄",他们按照年龄排行,弟弟一定要服从哥哥。这种团结的方式把君臣、兄弟、朋友三伦合一,是十分牢固的一种设计。

3. 交还金兰帖

科举时代,读书人进京赶考,志在考一个"进士"。进士放榜的时候分为"赐进士及第""赐进士出身"和"赐同进士出身",这些同期毕业生彼此称为"同年"。

赶考的人往往住在京里等放榜,等到在榜上找到自己的名字,又往往留在京里等着分发工作。这些人少不了有交往,有些人就结为把兄弟。

进士的出路之一是做县长(知县)。假定有同年五人,在京结拜为兄弟,出京都做了知县,几年以后,其中一人官运亨通,升为道台,这五个人的关系立时变化。那做知县的要悄悄地把当年结拜的金兰帖还给那位道台,这就是前清有名的"交还金兰帖"——朋友关系结束,君臣关系开始。

不交还又怎样?不交还,有一天他杀你!

凭什么杀?你要不要试一试?"欲缢一犬,何患无绳?"

4. 阶级狩猎

贵易交,富易妻。田舍翁多收几石谷子就想讨小老婆。

贵亦易妻,富亦易交。上午股市长红,下午他就下巴上翘、眼皮下垂。

人生在世有一个人事网,这个人事网由他的各种需要构成。一旦环境变了,地位改了,他的需要今昔不同,人事网必须重组。此其一。

人生在世都有"形象",形象是"别人眼中的我",除了"别人眼中的我",还有一个"自己心目中的我",人奋斗的目标是拉近两者的距离。人一旦富了贵了,改变了"自己心目中的我",也要把以前留下的"别人眼中的我"消除。此其二。

由于一,当年他最倚重的人,今后是他最疏远的人;由于二,当年他最亲密的人,今后是他最防范的人。

一个人升官发财之后,要用一套手段把上述两种人打到地平线下,这在英文有个说法,叫"阶级狩猎"。

发明"交还金兰帖"的人真是聪明,他把阶级狩猎演化成优雅的仪式,省去惨烈的过程。这智慧,恐怕是经过无数痛苦才产生的吧。

5. 老×的手指头

人是复杂的动物,但是,你如果了解他,他也很简单。

某天早晨,老×突然展示他的新手势,他爱指着别人的鼻子说话。

他说(指着我的鼻子):"有一件公文他们送错了,我已经教他们放在你的桌子上。"他的手指锐利得像锥子。

他说:"收发简直不行,常常出错!"他的指头像天线射出电流,使我头疼。

他又向另一个人指指点点,手指头像蛇能吐信。

他遍指多人,每个人都笑嘻嘻欣赏他的指头。

我说,老×要升官了。

下午,他果然升了官。

6. 他的黑手套

人是复杂的动物,但是,你如果了解他,他也简单。

在台北,有一个人突然做了官(是一个高级党工呢)。他的老家在大陆,不能衣锦荣归,就先回他以前当过差的那个小衙门去看看。

他特地买了一副黑色的皮手套,意大利货,又薄又软,你在电影上常看到,杀手戴起来准备作案用的那种手套。

台湾的气候,戴这种手套要出汗,他不戴,用左手握着,像新郎那样。

他进了小衙门,引起从前的老同事一阵惊呼,某某人真不错,念旧!一个一个跑过来和他握手。他这才从容不迫地把手套戴起来,一个一个和他们握。

人家是脱了手套再握手,他故意反其道而行(他是一个高级党工呢)。有人说,戴着手套握手是侮辱对方。他戴着手套到每间办公室走了一趟。我猜一定没有人拒绝他的"侮辱"。不错,果然没有。偶然有人脸上发烧,也电光石火一般马上消失了。

7. 处长家的电话

人是复杂的动物,你如果了解他,他也简单。

一个科长升成副处长、代理处长。在他代理处长以前,有些人包括同事部下亲戚朋友,常在晚间打电话到他家无话找话有话说话,这些电话忽然都打不通了。

电话打到代理处长家(其实人人叫他处长,不敢加那个代字）。接电话的人可能是管家，可能是太太，可能是孩子，一定不是处长本人。不管哪个来接电话，照例要问："你贵姓？你的大名叫什么？"然后："你等一会儿。"

这一会儿是三分钟。回话来了："你明天打到办公室找他吧。"

看起来无可非议，问题在于：为什么要人家等三分钟？这是半分钟就可以决定的事。

可是每个打电话的人都要等三分钟才碰得到钉子。一定三分钟，不多也不少，偏有好事之徒一手拿话筒一手拿钟表。

于是有内幕消息：接电话的人是照着剧本行事的，剧本上注明"等三分钟"，他们也是一手拿话筒一手拿钟表。

为什么？

这是"阶级狩猎"，为了射死你的自尊心。

8. 小周,你要倒楣

天下真有好事之徒。

在处长公馆接电话的作业有公式可循之后,小周每隔两三天就在夜晚打一个电话去,对方问姓名,他就冒充处里的某一个小职员。每天换名字,轮番试探。

这是干吗?

小周说,我要看看到底谁打电话去他才接听。我要找出能跟处长交通的职工,他们一定是处长的肉制窃听器。

我说小周,你要倒楣。

小周洋洋得意地告诉人家,他查出来四个人,四个小报告专家,处长安置的四副耳目。处长听见这四个人的名字,肯接他们的电话,不嫌他们官卑职微。

当然,小周一听见处长的声音,就赶紧把电话挂断。

我说小周，你要倒楣。

有话即长，无话即短，后来代处长正式做了处长，来一次淘汰冗员，小周就被驱逐出境了。

9. 升官图里的玄机

狩猎造成伤害，心的伤害。

"心的伤害"和伤心不同，"伤心"一词背后没有弗洛伊德的那套说法，那是很可怕的一套说法。

大致可以说，经过"阶级狩猎"以后，你们的关系再也不能完好如初了，尽管打猎的人偶然谦恭下士，假以辞色，尽管被打下去的人受宠若惊，歌功颂德，终究虚伪多于诚恳。猎人深明此理，他内心永远提防你。

可以说，一旦你的朋友中间有一个人高升，尤其是做了你的顶头上司，你的世界里就有了地震、冰雹和酸雨，难以遏阻的"环境污染"潺潺而来。

所以，老板如果想惩罚恃才傲物的你，玩世不恭的你，或清高自鸣的你，他只要做一件事，把一个职位和你相等而才能略逊于你的某某提上来做你的顶头上司。

这就是为什么"黄钟毁弃、瓦釜雷鸣"。

10.假如养人像养狗

我曾经打算养一只狗。

这里有个机构专管你养狗养猫的事。它那里有许多狗。有些养狗的人家孩子大了，不想再养狗了，或是穷了，养不起狗了，就把狗送给那个机构，等待新的主人。那个机构里的大狗当然会生小狗，小狗由专人饲养，施以必要的训练（如不可随地便溺），随时欢迎领养。

有人愿意要一只大狗，大狗来了就会看家。但是专家说小狗有小狗的好处，小狗在那样一个机构里生长,没有受过任何打击,对主人不存戒心,没有敌意。大狗则经过一番沧桑,对主人暗藏成见,有一天会忽然攻击你的客人,看似忠心耿耿,其实它知道那人不必受攻击,不该受攻击,他用攻击你的朋友来发泄旧恨。

历史上常常发生这样的事:两军对垒,为存亡一战,其中一个将军忽然叛变了。或者两党竞选,胜负未可知,一部分铁票忽然流失了。情况完全出乎你意料之外,其实也该在意料之中,他们曾经是你狩猎的对象,那受过伤害的心,伤口破裂了。

当"交还金兰帖"的时候,那些县太爷对道台大人自是恭敬谨慎。若是,后来,忽然圣旨下降,道台革职拿问,那些县太爷最关心的是什么?会是道台进京后的吉凶祸福吗?

11. 只有君臣无朋友

于是有一些人，一些聪明人，千方百计想办法不使朋友胜过自己。他们有时也帮助朋友，只是消极的，有限度的。

不过这样未必有效。于是有些人刻苦努力，不眠不休，为了有一朝自己能出人头地。

这样也未必有效。于是有人宁可不要人格，宁可出卖朋友，只要功名利禄，但求胜人一筹。

这样一定有效吗？也未必。所以有人干脆放弃追求算了。

我赞成放弃，只要他能寻到一个桃源。王安石咏叹桃源，有一句诗最有见地，他说桃源之令人难忘是因为它"只有父子无君臣"。

无奈我们托身的这个社会，简直是"只有君臣无朋友"，甚至"只有君臣无父子"。

所以无论如何你要咬住，咬住，咬住你的"王"垂下来的生命线，即使你牙痛，即使那条线没洗干净。

半截故事

——宣传是善意的欺骗　教育是善意的隐瞒

1. 半截周处

三国时代有个周处,今江苏宜兴人,孔武有力,是块材料。只因父亲死得早,没人管教,变成"州里患之"的大流氓。

有一老者叹息地方上有三害,周处慨然答应为父老除害。老者告诉他第一害是西山有只猛虎,经常下山吃人,周处上山把那只虎杀了。老者又告诉他第二害是附近水中有蛟,常把往来的船只弄翻,他又入水把蛟斩了。他问第三害是什么,老者本来不敢讲出来,见他杀虎斩蛟,不像无可救药的恶人,这才壮了胆子说:"第三害就是你啊!"周处经此当头棒喝,幡然悔悟。

有人说这老者是个神仙,特来点化周处。如果这话不可信,如果老者是宜兴当地居民,岂不是个非常重要的人物,简直可以说是他除了三害,历史家竟然忘了打听一下他的名字。也许说故事的人为求动听,故意把他说成倏然一现的神龙。

周处的父亲本是有名的读书人,虽然死得早,也给周处留下一定的影响,所以周处知道怎么做。他去拜名学者陆云为师,用功读书,后来入了仕途,做过武官也做过文官。

周处的故事写进教科书,编成广播剧,拍了电影,可说家喻户晓,可是大家所喻所晓到此为止,说故事的人只说了个上半截。

2.他们把下半截故事藏起来

原来周处在晋朝做到御史中丞。他为官忠直,把除三害的精神拿到朝廷上来,也不管除山中虎易、除朝中害难。于是得罪了权贵。

有一年,少数民族反叛,朝廷派梁王司马肜平乱,司马肜点名要周处参战。有人知道司马肜居心不良,劝周处别去,可是周处认为国家需要用人,他不能逃避责任。

唉,到了战场上,司马肜下手报复。他把周处指挥到一个绝地,不予援助,结果周处力战而死,全军覆没。周处不避权贵,有助司马氏保有天下,可是司马家的人不这样想。为了害死一个忠良,情愿打一次败仗,动摇士气民心,不惜工本。至于覆没的五千步卒,谁无父母,谁无兄弟,谁无尘世的贪恋,谁无生存的权利,他们纳粮当兵,敬畏官吏,何负于晋。司马家的人就更不会这样想了。

这后半截故事,大家同心协力把它埋起来。有一年,某制片家想拍除三害,我表示了一点意见,我说周处一生可以拍成一部深刻的悲剧,我建议他一直拍到周处战死。他断然说:"这样的电影我们不拍。"那时他懂,我不懂。现在我懂,你懂不懂?

3. 很多故事只剩半截

说故事的人把很多故事"腰斩"了。

例如说弦高犒师。弦高是郑国的商人,以大批贩卖牛羊为业。有一次,他赶着牛群到秦国去卖,走到郑秦边境,发现秦国军队越境而来,显然要攻打郑国。那时人口稀少,秦军的行动无人发觉,弦高赶紧派人回去向朝廷报讯,同时去见秦军的司令官,献上牛群,说是奉了郑国国王的命令前来犒赏秦军。司令官一听,认为偷袭的计划失败了,看来郑国早已得到消息,有了准备,秦军预定的军事计划只好取消。

你以后读到弦高的故事，不要以为我早已知道了，不必再看了。要看，而且先看结尾，因为故事并非到此为止，下面还有半截。

还有"不爱江山爱美人"的故事。四十年代，英皇爱德华八世爱上辛普逊女士，两人决定结婚，但是皇室和国会坚决反对。于是英皇毅然逊位，退居温莎公爵，人们说这是二十世纪最伟大、最动听、最美丽、最受人传诵的爱情。

你以后再读到这个故事，请检查一下：这个故事后面应该还有一段。

还有抗战发生，日军进攻淞沪，我们有八百壮士孤军固守四行仓库，不肯退却。"中国不会亡"的歌声慷慨激昂，余音至今深在人心。那些说故事的人说到女童军杨惠敏泅水献上一面国旗，国旗在四行仓库顶上升起来，就不再说下去了，好像那些壮士至今还守在那里。

所以，这个故事，你也不能说早已知道了，不必再看了。

4. 半部《论语》半部《圣经》

赵普"半部《论语》治天下",我一向奇怪为什么是"半部"。现在我知道了,他把另外半部藏起来了。

元微之"曾经沧海难为水,除却巫山不是云",了不起,可是他说"半缘修道半缘君",只是一半,还有一半他藏起来了。

自从我发奋把新旧约全书细读一遍,我发现牧师讲道也是"半部《圣经》救世人"。自从牧师发觉了我的发现,他就不再称我为基督徒,而称我是"研读《圣经》的人"。

我们是拿着半张地图走路,难怪后来穷途无归;我们是照着半本秘籍练功,难怪后来走火入魔。

5. 一个完整的故事

老李退役后无计谋生,在闹市街角摆了个书摊,那地方是都市的心脏地区，按规定不许摆摊，可是民以食为天，老李顾不了许多。警察看他是退役老兵，也只说了一句："你没有执照，我装作不知道，有一天上头说你不合法，你得马上搬。"

书摊生意很好，有个清寒的学生常常站在书摊前看报，两个人结了忘年之交。后来那学生没钱，老李就替他交学费。那青年大学毕业，弄到了留美的奖学金，老李慧眼识才，未免自负，心中一喜，就拿出所有的积蓄来为他买机票。老李孤身一人，年幼时没念过多少书，这样做也是心理上的一种补偿。

留美期间，老李怕那年轻人奖学金不够，汇过两次钱。钱是一粥一饭节省下来。那时外汇管制，汇钱出去不容易，老李到处找关系托人。五年以后，那年轻人拿到博士学位，英姿勃发，老李则风吹雨打，树犹如此，倒也很有成就感。

这是上半段。

那年轻人在国外搭上了政治关系，学成回国，立刻做官，冠盖京华，斯人得志，只是想起自己的恩人是一个摆书摊的糟老头子,心中大不自在。新闻记者访问他,问他苦学成功的经过,他举出许多人来,某院长帮助他,某部长帮助他,某大使帮助他,绝口不提老李。他绝对不愿意从老李摆摊的街口经过,总是绕着弯儿走,有时与别人同行,苦难自圆其说。渐渐地,他觉得在交通要道上有那样一个书摊,实在可恶。

6. 一个善体人意的部下

这位学成回国的新贵有个聪明伶俐的部下,姓沈,他看出来老板心中有这么一个结,他认为他有了机会。

有一天,他陪老板闲谈,把话题引到市政交通上。他说:"现在书摊太多,把人行道都塞住了,实在不像话,应该取缔!尤其是没有执照的书摊,应该首先取缔!"说得他的上司一怔。

过了几天，姓沈的陪上司出去开会，两人上了汽车，老沈又对上司说："我和×局长谈过，警察已经把没有执照的书摊赶走了，某某路上清爽多了。行人上了人行道，不再跟汽车抢路了。"说完，吩咐司机向某某路开行，他的上司又是一怔。

某某路比六年前更繁华，更拥挤，行人道上的书摊更多，只少了一处：转角的地方，老李的书摊是无影无踪了。新贵如释重负，用欣赏的眼光瞥一下老沈，老沈目无旁瞬，一言不发，从此不再谈论书摊。

老李为他的书摊奋斗了一阵子，终归失败，但也弄清了底蕴，事情跟他资助过的那个留学生有干系。他大惊大怒大痛，原原本本告诉了一个老朋友。你猜那人说什么？"老哥！你以前那样帮他，现在他能这样害你？这太不合情理了！我没法相信！"

老李怀着挫伤，向另一位朋友诉苦，那人反问："这怎么可能？你们中间是不是还有别的问题？"

一夕之间，所有的朋友都话不投机了！

老李犯了大错，他本该把这后半段隐瞒起来。

7. 一笔善善恶恶的账

咱们人类实在奇怪得很。做坏事做到天良丧尽、情理难容,就没人相信他会那样做。

大战时期,纳粹德国残害美军俘虏,手段酷烈异常,消息传到美国,美国人断定这是为了宣传反德而过甚其词,理由呢,太不合理,德国人不可能那样做。

美军的宣传机构把这些意见搜集起来,觉得不能淡然置之,就改写宣传资料,替德国掩饰一部分罪行,只传播那一般人能理解的。这才消除了宣传上的反效果。

摆书摊的老李如果告诉人家:那个穷学生现在做官了,做了官就不理我了,我在马路上碰见他,他的眼睛只看空气。这话人家会相信。现在他说,那个穷学生做了官以后,第一件事是先断了我的生路,这教人家怎么听得懂?

8. 一个司空见惯的公式

人间另一件常见的怪事,就是把责任推给弱者。

所有"忘恩的故事"都是沿着一个公式发展:当施者强、受者弱的时候,双方的关系很好,后来时移势易,施者变弱、受者变强,两人就不能相处了。

除了极少数例外,穷人总是迎合富人,没势力的人总是迁就有势力的人,弱者对强者有依赖攀援之心,即使素不相识还要千方百计搭条线呢,何况当初微贱时就有深厚的交谊?富贵易交,当然是贵者富者操主动之权。

如果这样想,那就发现这是强者的责任。——如果这是强者的责任,我必须在冒犯强者维持正义或牺牲公道趋炎附势这两者之间选择其一,这就难了!

聪明人愿意树立正直的形象,但是也绝不愿意向强者挑战,他会怎么办呢,怎么样才会鱼熊兼美呢?办法就是转换症结、教弱者负责。

我们又有一个故事。

其实这是一个故事的后半截。

抗战发生，日本军队打进中国，攻城略地，奸淫烧杀。日军走后，那"被污辱被损害的"少妇，跪在公公婆婆丈夫面前听候裁判。

婆婆手里拿着擀面杖，声嘶力竭地责骂："为什么会是你呢？为什么不是别人呢？"挥动擀面杖就打。

丈夫手里拿着鞭子，血管粗了一倍："全村的女人都平安，你为什么偏偏出事呢，你为什么偏偏出事呢！"扬起鞭子就抽。

最后，那公公吐一口痰，站起来，指着媳妇："你该死！你去死吧！"

半夜，那媳妇投了河。公婆和丈夫，都觉得他们堂堂维持了本族本村的道德水准，可以顶天立地做人。

现在，那摆书摊的老汉也就得到这样的批评："你老兄做人太失败了，好容易有个值得交往的朋友，竟不能把关系维持下去！"

人间事往往如此。你现在知道下半部了。

鸟儿、虫儿、人儿

——进化论使人心硬　轮回说使人心软

1. 虫儿鸟儿生死缘

早起的鸟儿有虫吃。

早起的虫儿被鸟吃。

虫儿应该晚起吗？不，晚起的虫儿被鸟吃掉的机会更大。

晚起的鸟儿没虫吃？不，鸟总能吃到虫。

问题不在早起晚起，而在一个是虫一个是鸟。

鸟类如果有宗教，它们一定相信上帝在造鸟的时候说过："去吧，地上的虫都是你的食物。"

我的一位舍城居乡的朋友，本着"为鼠常留饭、怜蛾不点灯"的襟怀,买来大包鸟食撒遍住宅周围。依他的想法,这些鸟食由专家配制,营养之外还考虑到色香味,鸟儿饱餐之后也许肯饶小虫一命。结果他非常失望,他发现鸟儿的"最爱",仍是撕裂蠕动的身体,流出绿色的血液,一路摔打吞咽,尽情尽兴。

这使我联想到人类社会中的某些情况。人类中的强者,也许好比是鸟;人类中的弱者,好比是虫。弱肉强食,千篇一律。

有时候,你看得很清楚:强者根本不是为了生存而去宰割弱小,他是出于残忍的习性。或者那是他的娱乐。有些缺德的事,有些违法的事,他根本没有必要去做,正正经经照样日进万金,可是,他还是兴高采烈地做了。

2. 虫,几时进化成鸟?

一条虫永远是一条虫,纵然它们有一天高呼:"起来，不愿做虫子的虫们！"经过天翻地覆之后，它们仍然是虫，仍然是鸟的点心。

如果万物是循序进化，由低而高，虫类为何至今一成不变？

你看，鸟在天上，虫在地上，阶级森严。虫类只有努力繁殖，补充损耗，但求在鸟们吃饱了、长大了、繁殖了之余留得一线命脉。虫永远比鸟多，也必须比鸟多！

生了翅膀的虫仍然是虫，无论飞到天涯海角，彼处仍有鸟在，鸟也有翅膀，虫仍然是鸟的粮食。

有一种生了翅膀的虫，紧贴在树皮上活着，鸟儿误以为是树皮，轻轻放过。可是，据说，它制造污染，使树皮变黑，对树有害。于是保护树林的专家来杀这些飞虫，这些虫反而速死。该死的虫！既然树是你的守护神，你为何不反馈他、膜拜他、使它万年长青呢？为什么反而害它呢？即使没有森林专家，你害它也是害己啊！

有一种幼虫，吃有毒的植物长大，体内充满了毒素，如果鸟吃它，鸟一定中毒。鸟居然认得它！鸟反而让着它躲着它！鸟一直等着，鸟的寿命比虫长。后来，这些幼虫长成明亮的蝴蝶，无毒的彩蝶，鸟再来抓它，啄它。

蚯蚓退出光天化日，把自己深深地埋藏起来，在鸟迹不到之处成为一条没有眼睛的虫。蚯蚓知道怎样对付鸟。它的行为，它的生活态度，引起鸟类的千古公愤，鸟最恨蚯蚓，所以最喜欢吃蚯蚓。

3. 如果人类是生物进化的终站

如果我们是从低等动物逐步进化而来，我们可能经过虫的阶段，经过鸟的阶段，到现在，仍然保有虫的成分、鸟的成分。

于是我们从人群中看见鸟，扶摇直上、搏击而下的鸟，茹毛饮血的鸟。

我们也从人群中看见虫。为鸟族提供脂肪和蛋白质的虫,为了全身远害而自身成为一害的虫,满身是毒、使鸟为食亡的虫,一味逃避、一味隐藏、严重退化了的虫。

从虫的角度看,鸟是"坏人"。从鸟的角度看,蚯蚓是"坏人",按时早起,供早起的鸟儿择肥而噬的虫,是"好人"。

当年武则天手下有个武三思,他留下一行名言:"对我好的人就是好人,对我坏的人就是坏人。"

人有恒言:"在这世界上,好人比坏人多。"那是当然,虫比鸟多,麻雀比鹰多,草比牛多。

4. 千虫狂想曲

人是万物之灵。从人的角度看,虫类未免太笨了,鸟类并不是那么难对付。

一条像人那样聪明的"虫"知道和鸟"交朋友"。一旦高攀成功,它就可以起个大早和鸟谈天,看鸟吃别的虫子,称赞鸟在吞咽时有优美的姿态。

十条聪明的虫可以集会结社,创立学说,鼓动别的虫子以牺牲奉献的情操,先去把鸟喂饱。然后,它们再出来听鸟唱歌。这时,每只鸟都可爱,天气也可爱。

一千条聪明的虫会产生一个领袖,它们跟在领袖后面游行呐喊,要求鸟类吃素。

我曾早起看满地的鸟吃满地的虫,我仔细观察过了,那些小鸟没有一只非肉食不能生存,它们可以吃草种、谷类、饭屑,前面提到还有大慈大悲的人为鸟撒下的饲料。可是,前面也提过,鸟的第一志愿是吃虫子,它们的祖先一向如此,它们也必须这样做才对得起祖先,无愧为优秀的羽类。

一千条游行的虫子可能招来一千只鸟。空前绝后的千鸟大餐。鸟族如有史书,这必是辉煌的一页。鸟说:你们尽管开会游行好了,我们正好一网打尽。

5.定位:进化论使人心狠

佛教戒杀,最有力的理由是轮回。它说,当你动手杀一只鸡的时候,那只鸡也许是你的父母转世,那么你亲手杀了你的父母。——佛教使人心软。

进化论和轮回有异曲同工之处。高等动物既是由低等动物进化而来,当鸟啄死一条虫的时候,无异伤害自己的远祖。可是进化论使人心狠。

有这么一个人,他很穷,他出很高的学费供给孩子去读私立学校。他的孩子在学校里受了伤,瘫痪了。

学校当然有责任。校长知道他自己的责任。他坐在校长室里思索怎样摆脱责任。他设想那残废了的孩子有个什么样的家长:容易打发还是十分难缠。

那家长到学校里找校长来了。校长严阵以待。你猜怎么样,那家长双膝落地给校长磕了一个头,请求校长给孩子作主。校长立刻放松了自己。他知道在这一刹那他们彼此定了位。他是鸟,那家长是虫。

这以后，展开了"好人"向"坏人"乞讨，强者对弱者侮辱的连续剧。那校长（还是个老立委呢，）知道怎样对付那家长，知道怎样保护自己。

6. 好人门前是非多

"好人"的孩子站在墙角看别家的孩子在街心玩球。

"好人"养的狗无精打采、吠声沉闷。

做"好人"的部下，在会议席上要多听少说。

"好人门前是非多"，倒楣的事总是轮到他，跟他做朋友，很累（朋友要休戚相关，是不是？）。

7. 坏人：强者的别名？

世上确有这么一种人：有横冲直撞的勇气，不在乎别人的感觉；有巧取豪夺的能力，经常是赢家；有抑弱扶强的智慧，鸡口牛后都胜任愉快；有表演天才，适时展示其道德形象。

这种人是强人，是有本领的人，但在弱者看来他是坏人。也可以说，他只有在面对弱小的时候才"坏"一下，回到志同道合功力匹敌的群中，他也是慷慨的朋友，潇洒的绅士，忠义的干部，或者是先天下忧的老板。

在大老板眼中，只有"有用的人"和"无用的人"，无所谓好人坏人。

在强者群中，只有"对我好的人"和"对我坏的人"，无所谓好人坏人。

强者做一点儿坏事，"他们"都谅解，因为"我也免不了这样做"。有时还欣赏赞叹，暗忖"他做得比我高明"。弱者必须循规蹈矩，克己复礼，左右前后都是道德警铃。

弱者是道德规范的最后守护者。

8. 曹操的宣言

在京戏里,曹孟德冠带辉煌,站在舞台口上高声宣示:"世人笑我奸,我笑世人偏,为人少机变,富贵怎双全。"何等坦白!何等透彻!京戏不可不看。

曹操这四句真言是宣言,也是预言,天下后世曹派传人,得曹丞相一体一貌一鳞一爪者,皆不容轻视。

当年我不看京剧,无缘受曹丞相间接教诲,常指某人很"坏"。朋友问:"他怎么坏法?"我能一五一十说出他一串罪状来。朋友听了,或点头微笑,或默然无语,或恍然有悟,没有任何异议。

不久,我发现这些朋友见了那个"坏人"两眼放光,用力跟他握手,寄精美的贺年片,打电话和他谈论舞厅的装潢,等等。我越是在外面批评他,他的声望越高。

这是怎么啦?我的信用破产了?不,不,他们知道我是诚实的,正因为他们相信了我的话,这才断定那人"有用",设法争取他做个好人——"对我好的人"。

9.人生在世,总要算一次命

当年我行走江湖,逐水草而居,有一个新成立的机构邀我"跳槽",待遇可以增加一倍。

待遇越好的地方,内部越复杂,是非越多,我犹豫观望,不能决定。有一天跟我们山东的先进小说家姜贵谈起此事,他说:"那就去算个命吧。"

那时姜贵十分相信算命,经常发现"言谈微中"的命理学家。他陪我去拜访一位高人,因资料不全,未排八字,做了一席漫谈,那人给了我一个很奇特的建议,他认为我可以到那个新单位去,但有一事必须做到:事先打听清楚此一单位中有哪些人是"坏人",开一张名单,到任之后和这些人攀交,变成他们的朋友。

第二天,姜贵打了个电话给我,透露后续的消息。那算命的先生对姜贵说,"你的朋友最好不要到新单位去。"理由呢,算命先生看出来,当他向我提出那个特殊建议的时候,我完全不以为然。

一点也不错,我拒绝了他的建议,可是我也加入了新单位的工作。结果呢,我黯然退出来。

一条全身而退的虫。

10. 人性只有一面发光

秦始皇统一天下,心犹未足,派徐福出海求长生不死之药。徐福要了一艘大船,船上载着五百童男五百童女,一去不返。据说他在日本登陆,把童男童女配成五百对夫妇,生聚教训,自立为王。

想想看,徐福受到多少人的称赞?称赞他见机而作,乱邦不居,可是有谁为那些童男童女喊一声冤?他们都是皇帝向民间征来的,书上没说他们都是孤儿！父母子女生离死别，不是要哭断肝肠吗？童男童女又能有多大，晕船怎么办，感冒怎么办，半夜想家怎么办，在岛上出麻疹又怎么办，他们在父母监护下成长的权利完全被剥夺了，可有哪个诗人画家同情过这一船苦命的孩子？

所以说，人是很残忍的，有时候。

明代有"靖难之变"，驻守北京的燕王举兵造反，掀起"南北战争"。当时山东参政铁铉守济南，打过多次胜仗，燕王非常恨他。这一场战役的结果是燕王攻入南京，做了皇帝，铁铉被擒，不肯投降。皇帝于是杀铁铉，罚他的两个女儿做妓女。

铁铉的忠烈事迹震撼天下，按理说应该没有人去嫖他的女儿才是。事实不然，兵部尚书的女儿嘛（铁铉后来做到兵部尚书），这个"头衔"比"花魁""花国状元"更有吸引力，对嫖客来说，五千年也只有这么一次机会。

所以，人是很残忍的，有时候。

11. 可怜虫对百灵鸟

有人活得像百灵鸟一样，最爱批评某人是"可怜虫"。

编词典的人不要忘记了：必须注明这三个字毫无同情怜悯的意思，因为百灵鸟们有一哲学："可怜之人必有可恨之处。"

既然是一条可恨的虫，也就活该去做鸟的早餐。早起的人儿看鸟吃虫，"万物静观皆自得"。

梁山伯、祝英台的殉情而死，化为蝴蝶，蝴蝶仍然是虫，会飞的虫，美丽而可怜的虫，高一级的可怜。那个要娶祝英台的马文才死了变什么？我一直担心他变鸟。

被封建制度逼迫而死的梁祝，死后要化蝶供人观赏，还得与人完全无争无害，编故事的人也够狠。

12. 爱他，所以杀他？

有一部影片，以美军为背景，美军中有黑人有白人，黑白各有心结，不在话下。

剧情的核心是，一个黑人士兵突遭暗杀，大家怀疑是白人干的，黑人群情鼎沸，情势紧张。上级急忙派干员调查，一番抽丝剥茧，凶手竟是一个黑人，而且是死者的顶头上司！

这部片子匠心独运之处，是那黑人军官行凶的动机。那军官很优秀，很上进，也很爱黑人，热烈地希望黑人个个知耻知病、出人头地，哪知这个部下如此老实无能！那黑人军官认为，这个样子的黑人，一辈子做奴隶的命，白人当道，他是白人的奴隶，即使黑人当道，他照样是黑人的奴隶！这样的人还是死掉好！

请问，你怎样看待这部影片？

13. 智慧：让"人下人"活得容易些

这世上到处有人下人。由于遗传，智能不如人，就要受别人拨弄；由于教育，学识不如人，就要受别人欺瞒；由于环境，凭借不如人，就要受别人践踏。

没有人下人，哪来人上人？上帝造人自有深意。假使有一天，科学完全控制了遗传，政治家设计人口素质的时候，也必定限制精英的人数，为精英造出大量的垫脚石。

"人上人"为了表示对上帝的感激和对众多"人下人"的安抚，也知道注意那些忍受不道德的待遇而又抱着道德自慰的苍生，经常从中选拔出一些代表来予以肯定，例如说，一年一度的"好人好事"表扬。

所以，举办之初，好人好事的代表都来自下层——我们称之为基层。这是聪明的做法，可以对社会的不公平略示补救。可是不久，上层（这个名词好像没有代用品？）忽然叫嚷起来：难道有钱的人都不是好人吗？于是贸迁致富的人挤进来。难道做官的人都不是好人吗？于是青云得路的人挤进来……

　　真是愚不可及。后来干脆把这个一年一度的活动废除，就更令人莫名其妙了。

我将如何

—— 道德是永远不散的筵席

1. 善恶第一局

《创世记》说,上帝创造男人亚当,女人夏娃。亚当和夏娃同居,生出长男该隐,次男亚伯。该隐种田,亚伯牧羊。

这弟兄俩都敬畏上帝,该隐用粮食献祭,亚伯用羔羊献祭。据说上帝喜欢羔羊,不喜欢粮食,该隐因此嫉妒亚伯,弟兄失和。有一次,两人在田里发生争执,该隐把他的弟弟亚伯杀了。

《创世记》对这弟兄俩的性情气质没有描述。就"因嫉生恨、动手杀人"一节看,该隐是个凶暴的人,亚伯以牧羊为业,在羔羊的烘托下,形象显得善良和平。这骨肉惨变是人类第一件流血事件,后世赋予不同的意义。

有人说,该隐凶案是农业和牧业的冲突,结局是农人失败,牧人胜利,一如美国西部开拓时的景象。有人说,该隐凶案象征人类的善恶冲突,一局终了,坏人胜利。这是一个恶兆,注定了天下后世要发生种种"为恶则强"的情况。

如果仅仅是个"象征",倒也很好,无如所有的神父牧师都坚持这是事实、确实发生过的历史事实。我们万难预料,在世上娶妻生子、替亚当传宗接代的,乃是这个"坏蛋"。

这么说,天下后世芸芸众生体内,流着一个凶手的血液,这实在是中国人不愿意认同的事情。但是中国人也不能否认,"该隐杀亚伯"的剧情在中国也大量翻版或改编,成为中国历史上主要的剧目之一。创世之后,历经三皇五帝、三代四朝,到了宋代,名臣富弼总结他的历史经验,告诉世人"君子与小人处，其势必不胜"。他发现该隐总是压倒亚伯。

虽然如此，人类也一直为着脱出罪恶而努力。该隐和亚伯既是同胞手足，弟弟从父母得来的遗传，哥哥不会完全没有，区别在或多或少，或隐或显。不幸生为该隐之后，只希望把"该隐"的隐下去，该显的显出来。中华文化悉力以赴的，正是朝着这个方向。

所以，无论如何，我们不可以为恶。

2. 不会折断 只是压伤

我老了，有机会窥探老人的世界。人到老年，最难心安理得。

多少老人后悔他以前做过的事，他是后悔以前做过好事。例如，有人说，想当年，天天多少公款从他左手右手经过，只要能偶然忘记操守,就可以"三年清知府，十万雪花银"，又何至于后来妻子没钱进医院，儿女没钱进大学，自己的老境也如此凄凉。

有一位老人，省吃俭用，他说别看我现在清苦，当年也是房子六七幢，地皮四五块。"咳，想败家，吃喝嫖赌哪样不好？咱偏偏选了个兴学。为了办学校，家底儿全捐出来，老两口从早干到黑，工友生病请假，我亲自打扫厕所。"

后来政府规定，私立学校不是私人产业，要成立财团法人。"那也好，咱请来一桌董事。谁知人心难测，咱还在学不厌教不倦呢，还在'不知老之将至'呢，人家不动声色布置好了，董事会一投票，咱家老两口扫地出门。我这是得的什么报应？吃喝嫖赌还落几个酒肉朋友呢。"

人是脆弱的，这棵会思想的芦苇不致折断，但是可以压伤。现代医学家不断发表研究报告，认为心情抑郁沮丧的人，心脏病发作的几率比别人大四倍。他们又说，每天情绪紧张，或在压力下过生活，其人的免疫系统比别人弱，容易得传染病。至于癌症和"忍气吞声"有密切关系，简直是国民基本常识了。如何处理自己的感情，解释自己的命运，人人要在未老之前学会才好。但是,这对"善有恶报"的人,很难。举例说,同样死于政治迫害,秋瑾应该比岳飞心里好受一些,秋瑾造反,"罪有应得",岳飞可是精忠报国啊!

有个老人说,年轻时的小奸小坏,此时回忆起来最是快乐甜蜜。他发现"君子有三乐",行善并不在内。所谓三乐是:做官挥霍公款(合法的浪费),玩女人倒贴(人财两得),还有赌博赢钱。他对我们说,当他连连打出王牌的时候,他觉得上帝真的眷顾他。"我才是上帝的选民,不是你们。"惹得我们中间一位信徒仰天大呼:"神啊,求你赦免他的罪!"

虽然世事是这么不尽如人意,你我仍然不可以作恶。

3. 冯梦龙的证词

天下本无事,好人自扰之。不信去问冯梦龙,他说有一座庙，庙里的神像是用木头雕成的。有个人出门打柴打到庙里来了，他把神像劈成木柴拿回家烧饭烤火。某善士初一进庙烧香，发现神像失踪，赶紧请匠人雕一座补上。等他十五进庙烧香时神像又不见了，他只好再补一座。那打柴的人没有柴烧就找庙，每次都不会空手回家。后来，那经常烧香敬神的善士得了重病，他眼睁睁望见那打柴的人肚大腰圆龙腾虎跃，心里有不平之气。他问神：我是雕神像的人，他是劈神像的人，他劈了那么多神像当做木柴烧了，为什么反而健康快活？我雕了那么多神像放在神坛上供奉，为什么反而疾病缠身？他百思不解，神终于答复了他的问题，你猜神怎么说？神大喝一声：

你不雕像，他哪有那么多神像当柴烧？

诚然，天下本无事，好人自扰之。不信你去问某诗人，他说：

你来拜年你有礼，

我不拜年我无礼，

我之无礼由你起，

算来还是你无礼！

虽然这样，你仍然不可以为恶。

4. "道德资源"还剩下多少？

有这么一个人，他在接受基督教义之后高高兴兴地告诉朋友："我信主了。"那朋友立刻出手打他一个耳光。

他大惊："你为什么打我？"

那朋友说："耶稣怎么教你的？有人打你的左脸，你连右脸也给他打，是不是？现在赶快把脸转过来，让我再打一下。"

我们周围密布着这样的人：把德行当做你的弱点，视为有隙可乘。不错，忍让是美德，结果招来别人的得寸进尺。不错,谦和是美德,结果招来了别人的傲慢自大。体谅别人、处处替别人设想是美德,结果无人替你设想。

今人正以惊人的速度消耗这叫做"美德"的资源,就像他们无节制地消耗象牙。"象以齿焚、麝以香死",保护大象的人就趁早把象的牙齿锯掉,把麝的香囊割除。那保护参天古木的人在树干上打进许多钢钉,使家具工厂无所取材。现代君子是否也曾以象麝自比、愤而自毁呢?

的确有人这样想过,并且实行。这里那里,有人叫喊:"你小子除良安暴,咱老子改正归邪。"歌手约翰·列侬说"你必须做个无赖大浑蛋",竟成名言。

可是,抛弃道德并不等于掌握罪恶,结果,既受道德的压力,又受罪恶的压力。

进入罪恶并不等于能享受罪恶,结果,不愿做道德的祭品,反而做罪恶的祭品。

一个人,倘若没有能力享受道德,他一定更没有能力享受罪恶。"妾修善未获报,作恶焉能得福?"

汉宫中的一个女官曾经如是说,她是班固的姑奶奶,所以这句话流传下来。

世上确有能够享受罪恶的人。这等人多么精明!多么敏捷!多么凶悍!从来懂得怎样去拿到最好的东西。只要上帝给他时间,他必不以享受罪恶为止境,他最后要来享受道德。你与其跟在他后面追逐,不如在原地等他。

5. 听说过"对进战术"吗?

从一九四六年到一九四九年,国共内战。起初,国军颇占优势,但共军使用"对进战术",打得国军节节败退。

所谓"对进战术",就是"你到我家里来,我到你家里去"。那时国军共军各有自己的根据地。每逢国府调集大军向共区进攻,共军就离开自己的防区,深入国军后方,占领许多名城。

抗日战争后期，国军也曾用同样的办法对付日军。我们现在可以从史料中看见当年蒋主席指挥作战的命令，他在前方部队无法固守时，下令"向敌人的后方撤退"，因为日军倾力出击，他的后方是空虚的，双方所见略同。

"好人"如果厌倦了自己的角色，改充"反派"，他会发觉，他空出来的位子被对方迅速占据。这好像全军夜袭，扑上去是个空城，等到废然而返，此身已是无地立锥。

再说一遍：一如我在"国王的故事"里所说，那些出入葡萄园吃尽葡萄的人，绝不会错过道德的盛宴。而且手中有把屠刀的人特别容易成佛，他们绝不缺席，不过是往往迟到。这就是我说过的"出格"与"入格"。

你先到一步，有什么好抱怨的？

6. 伪君子与真小人

人有恒言，宁与真小人共处，不与伪君子同席。为什么？因为"真小人"不掩饰，不造作，明枪易躲；"伪君子"口是心非，防不胜防。

也有人说："宁为真小人，不做伪君子。"为什么？因为"真小人"说到做到，敢做敢当，总还算是自成一格；"伪君子"遮遮掩掩，心黑胆小，那才教人瞧不起。

这几年我倒有点新鲜的意思，两害相权取其轻，我比较"喜欢"伪君子。你道却又是为什么？

话说有一女子，心慧手巧地虐待婆婆，婆婆年纪太大，没有抗议的能力，只能忍气吞声苟延残喘。那女子在外交际应酬，最喜欢谈她的婆婆。"婆婆年纪大了，越来越像小孩子，也越来越可爱。"其实她离家出门的时候刚刚"开导"过她的婆婆："你老啦，总有一天活不下去，我们年轻，不能让你破坏我们的生活。"女子又说："做饭给婆婆吃是一门大学问，要香、要软、要新鲜,低脂肪,低胆固醇,少放糖,少放盐,可是口味要天天变。我专为婆婆编了一本食谱。"其实她给婆婆炒的蛋炒饭,今天吃到第三天,婆婆从冰箱里拿出来,叹口气又放回去,再叹口气又拿出来。这女子还说半夜起来给婆婆盖被子,用轮椅推着婆婆逛公园,她在写小说。可是你猜怎么着,她那些听众有人蓦然想起:"是呀,我该给妈妈买个轮椅才是!"

话说有一个男子,喜欢钓鱼,也喜欢引诱女孩,在他看来这两件事情完全相同。他常说:"对女朋友一定要诚实,她是你终生厮守的人呀!"可是他首先低报了年龄多报了收入。他常说:"我看重灵性。我和女朋友在一起,从未想过她的肉体。"可是他和每一个女朋友上床。有人问他什么时候结婚,他一本正经地说:"我今天早晨照镜子,左看右看都是配不上她,唉!"其实他昨天刚刚把她甩了。满口荒唐言,可是满屋子男女同事都受到感动,据说,确实因此改善了某某先生和太太之间的感情呢。据说,确实由此提高了某某先生和某某小姐的恋爱品质呢!

7. 谎言与真理

这就是伪君子的优越性,真小人万万不及。一个社会维持它的价值标准,靠真君子的身教和伪君子的言教,而真小人是没有贡献的。而且"君子"越"伪",他的言教越生动周密,以言辞作心理补偿,效果越好。你当然可以说,由那有孝行的人说孝,由那有真情的人言情岂不甚好?何必退而求其次?阁下,美德是内敛的呀,"发表"和"显扬"的动机早已被削弱了呀。

常有人批评某一个人是伪君子。设筵满屋,有人远远指着首席告诉我:"他是个伪君子。"我听了怦然心动。坐首席的"说头一句话,饮头一杯酒",发言的机会多,如果他是伪君子,我为得人贺。有人告诉我某某和尚是伪君子,因为他吃肉,我说:"好啊,他弘法明道定有过人之处。"有人告诉我某某革命家是伪君子,他怕死,我说:"好啊,他奔走呼号定有感人之处。"有人告诉我某某政治家是伪君子,因为他说谎,我说:"好啊,他的选民一定都诚实。"有言者不必有德,他们做的事各人不一样,他们说的话人人都一样,不论世界如何黑暗,这一线光明摇摇不坠。风声所被,教化所及,忠、烈、侠、义出焉。"谎言千遍成真理",那谎言本来就是真理。

8. 第三代危机

且说一段往事,也算引古证今。

六十年代,台北,有个人在西门町包娼包赌。干这等营生要做何等事,结交何等人,说何等语言,那是不难想象。这人是此道中的佼佼者,赚了很多钱。

在那个小小的格局中,他也算个"王"。可是,有一天,他忽然洗手歇业,搬出台北,从此不见了。

难免有赌国仇城一类传说,但是有人知道真正原因。

他的儿子考上台湾大学。他忽然想到要好好培植这唯一的儿子。他要给儿子更换新的家庭背景。他要把自己的历史斩断。他把赌场关掉，不是顶让。他全家远离旧地，选择新环境、新邻居、新朋友、新生活。

他还能称雄一方吗？不能，还能日进斗金吗？不能。连他儿子毕业后有什么样的出路，也是雾里看花。可是他断然如此做。

这就是中华文化加在他头上的紧箍咒。无论如何，他不能也不愿把地下创业的那一套抢抓踢打、阴阳开合教给儿子，他能公然传授的，只有孝悌忠信、礼义廉耻。

许多大大小小的"王"，都像他，最后自己缴了械、废了武功。除了少数"天纵"的资质，下一代就要转型，或者退化，"帝业"因此式微。从这个角度，我们可以对"富贵不过三代"作一新解。

无论是哪一种"王"，无论他多么不可一世，都有生老病死。只有他鼻孔下面的众生、万世一系。他万岁，众生一万零一岁。他百代封侯，众生一百零一代。大大小小的"王"从众生中崛起，最后仍然要把自己的身后、自己的子孙交付到众生之中。众生平凡，平凡的人需要道德，所以，大大小小的"王"，除非他特别愚昧，仍然要把道德形象还给人民。他是羊群里走出来的虎，最后还原为羊，回归羊群。

否则，众生，在他眼中牛马一样的众生，就是恢恢的天网。

所以，善良的人并没有排错队伍。无论如何要坚守下去，有诗为证：

备战人生

席慕蓉

那极端的柔弱是给婴儿用的

热烈与无邪的笑容给孩童
如丝缎一样光滑的肌肤　如海边的
鹅卵石那样洁净的气味给少年
如蔷薇如玫瑰如栀子花的芳馥美丽
都要无限量地供应给十六岁的少女
这是生命不得不使用的武器
为了求得珍惜求得怜爱
给那渴望生长渴望繁殖的躯体

而在长路的中途　装备越来越重
那始终不曾自由飞翔过的翅膀
在暮色中不安地扇动　直指我心
铸满了悔恨与背叛的箭矢已经离弓
划过如焰火般的晚霞　当夕阳落下
美德啊　你是我最后的盔甲

王鼎钧自述

王鼎钧,山东临沂人。一生流亡,阅历不少,读书不多,文思不俗,勤奋不懈。正式写作由一九四九年算起,迄今未敢荒废,曾尝试评论、剧本、小说、诗、散文各种文体,自己最后定位于散文。已出版《左心房漩涡》等散文集十四种,其他十一种。在台湾为及早力行将小说戏剧技巧融入散文之一人,诵前人"良工式古不违时"之句日求精进。为基督信徒,佛经读者,有志以佛理补基督教义之不足,用以诠释人生,建构作品。吾生有涯,而又才力不逮,常引为恨。曾仿佛家四弘誓愿作铭以励天下同文,铭曰:"文心无语誓愿通,文路无尽誓愿行,文境无上誓愿登,文运无常誓愿兴。"

——为笔会"写作人在台湾"征稿而作

附录一

世路难行也不得不行

—— 数读王鼎钧《黑暗圣经》之后

亮 轩

人世艰难,倒也不限老少。少年人面对着茫茫未来,中年人困于彷徨无依,老年人每常悔不当初,人生可谓步步崎岖,一路踬踬,转眼间白发苍苍就要打烊了。因此,即便大家不常读书,不常买书,只要牵连着"人生"如何如何的书,总有点市场,古今皆然。颇有些作者专门以写此类书赚了些足可让舞文弄墨这一行的人羡慕的钞票,有的是自古至今都长销的,从《论语》《孟子》《老子》《庄子》到《菜根谭》《幽梦影》,要多少有多少。古今一同,除了这些名著之外,随时也有当代的作者写这一类作品,此起彼落,生生不绝。在书店里,修身养性的励志类至少可以单成一大柜。你可能找不到李白杜甫白居易的书,但是"金玉良言"总是有的,可能比情书大全还好销,恋爱可以不谈,人生哪能不过?

问题是,读了之后,灵吗?不见得,很不见得。于是再买,再读。眼花了腿酸了,在家坐着还可以从电视中寻找类似指路明灯的节目,看的人多的是,灵吗?谁也没有做过统计,仓促之间年华已逝,已经没有什么闲工夫去计较了。

这一类的书,要得力还真难。有的有用而不好读,如论孟老庄。有的好读却无用,把我们早知道的却不一定行得通的道理再说一说,差别只是法相庄严而已。如果把这两种因素的书剔除,还能留下几本,就很成问题了。探讨人生的书之所以多,是因多数人不想费事多琢磨,只希望有人能将人生难题用最简单的方式解决,比如不计较多忍让否定坏人的荣华富贵肯定好人的折磨痛苦等等,于是自然会有迎合这种善良而懒得用心读书之作源源不绝出现。这种书,若要写得深刻好看,非得作者本人具备深刻的人生经验外,更能读透古今书,看透古今人,另外还得有一只好文笔。

这个人就是王鼎钧。

王鼎钧写了不少好书,同一类的还有"人生三书"——包括《开放的人生》、《人生试金石》、《我们现代人》。他从正面的角度以不同的大纲领谈人生问题，曾经洛阳纸贵，创下出版社至今也难以打破的纪录。"人生三书"文短意长，有看头也有想头，不是痛苦的麻醉剂。有意思的是从此他再也没有"励志书"了。这三本畅销书之后，有人可以把励志的书一本本连着写下去，以此为业，成为全社会的导师。写到他们在书店里开出个人专柜。有的机关学校居然一车车的买了去，老师教官原本亲自要谈的教训这下子也都省了事，都在书里了。如此好康，凭着王鼎钧的功力，何乐而不为啊？但是他不写了，要写也写些别的，好像"人生书"已说不出什么话来了。

想不到的是在许多年之后，他又写了一本《随缘破密》，书名虽来自佛经，毕竟有些深奥，何况还有点像是围棋棋谱，又有点像是麻衣相法诸葛神算。是不是许多读者在书店里望望然而去以为就是这一类的书，不得而知，然而嫌疑必有。

姑且翻开读读，可不得了，先是这本书的来由就不比寻常，原来作者早早就写好了，居然足足压了八年，方才出版。何以不肯出版？写得不够周延吗？王鼎钧的文笔不会有这样的问题。是找不到出版家吗？更不该是他的问题，在那个时候求他写人生第四书的人太多了。还是他怕警备总部?不对,因为早就解严了。也不是怕社会清议之所不许,因为其中无黄无黑无红无绿无橘也无蓝。

他真怕的就是自己的文章,就像生物科技可以在实验室里搞出什么怪物一样,虽然对于这个作品的来龙去脉清清楚楚,总是怕把它释放出去再也无法掌控,眼看着窜流为祸。

但是敝帚尚且自珍,何况是这一条历尽沧桑的老命的心得告白?血不能白流,苦不能白受,无数人曾经上过的天大的当,以及无数的家破人亡,何以致之?他有想法,此生中不能不一吐为快也,一生中总是步步为营的王鼎钧,终于冒险一试,把这本书给出版了。

原先担心的问题没有发生,好像也不怎么卖得动,妖魔不误走,又如何为害?况且,昨日的妖魔,可能是今日的天使,也可能妖魔其相而天使其心,作者呕心沥血,出自真诚地写来,该与不该,好与不好,由读者来决定就成了。原先王鼎钧的种种顾虑,非常多余。

这是一本看透了古往今来无数英雄狗熊君子小人主子奴才与众生伎俩的心得报告。

这一类的书也有人写过,如近代李宗吾那本有名的《厚黑学》、前清唐甄的《潜书》、明季李贽的《焚书》，还有金圣叹批的《才子书》等等，都是类似的"怒书"，作者多属不得意之后的愤世嫉俗的才子。这样的书读来不容易打盹，有人为我们出气骂人又能入木三分，谁读了都有劲。

但是王鼎钧的这本却非愤世嫉俗，此书宅心仁厚，是要上过当的人不要再上当，没上过当的人别上当至少少上当。纵使无从逃躲，也要明白此当因何而上。此书没有教我们如何当一个好人，是为好人点出坏人的陷阱之来由，为好人开出一条生路。也让我们看清人之好中有坏坏中有好，好人做了坏事坏人却做了好事，好人有了坏报坏人有了好报，许多我们想不透的问题，他直指心源，读者一读便恍然大悟。

到大陆买东西，常常会遇到一句促销的标语："假一赔十"。但是依然不一定靠得住，人世之真假要证实可不容易。然而此书却不，此书篇篇俱道人生之所必不可免之道，然而语语发自肺腑，无一句装腔作势，是一本真实无比的书。"人生书"千千万万，无不装装点点，大多道貌岸然。故作聪明者有之，故作神秘者有之，借他人之糟粕者有之，趋今人之所好者有之，哗众取宠自鸣得意徒以惊世骇俗之言语为能事尤其有之。

立德立功立言,作家只能逐其末而已,再退一步就是胡说八道了。然而不想胡说却也未必不胡说,因为真相幽深而难求,老实容易真实难。老实是美德,有美德的倒楣人多得很,不为谎言谋略所欺,保得住身家性命的,靠的是洞见真实的智慧,不是迷信老实。这个,大概就是本书之主旨了。

王鼎钧在中国近代史的大洪流里浮沉翻滚了他的前半生,虽然命如草芥,运若飘蓬,却一直保有一颗玲珑剔透的心肠,伤心了,他一再回味苦涩。流血了,他一再审视伤口。跌倒了,他回头寻觅辨认那是石块还是绊索。他不见得聪明,聪明人的一辈子不该是他那个样子,但是他认真,他把自己放在手术台上为自己手术,即使仅余骨骸,也要找出基因。这本书也就是他的人生解剖手术报告书。

难道李宗吾李卓吾就不是报告书吗?那不一样,他们的书里记下的痛苦折磨多于基因变化。王鼎钧是以很冷静很科学的态度体检自己,他集病患医生病理检验师于一身,这样的作者也不是人人想当都当得上的。他苦要受得够,道理想得要透,使命感更不可漏,文笔还得格外优秀,无一丝自道自怜自怨自嚎,他的思路清晰眼光远大,没有暴露狂也似的让自己成为展览品，反倒是化为文学艺术，把个人的经验与古往今来相印证共结合，由个例而成通理，带领读者重寻重组他们自己的生命。

王鼎钧善于说故事，他以散文家自居自许，其实很难分得清他的作品应当归类为小说还是散文。小说是虚构的，但是他的作品常常有凭有据。散文是自我的，但是他的作品却很难见到夫子自道。他的哲理性很高却不是哲学，也许只好说问题可能出在太生动了点。然而爱读哲学的人必然会在面对他的作品时一再掩卷沉思，因为他的辩证常常出人意表却又屹立不摇。他的作品倒是可以作为哲学性思索的依据，是哲学之哲学，那无非就是"人生"的问题，还得是普遍的人生问题。

且看此书的篇章：

第一章"四个国王的故事"。是对于领袖人物的透视。

第二章"道德的傧相"。揭露了道德沙文主义的偏颇，把不道德与道德作了美妙的结合。

第三章"脂粉比血肉美丽"。谈到暴君的本质，如何侍奉以及如何与他们相处？伙计该读，老板也该想读吧？

第四章"某种游戏"。谈老板如何利用属下的矛盾而渔翁得利。

第五章"怕麻烦的人没有前途"。谈入局与出局的问题,写的是人生的不由自主。

第六章"一种可以选择的命运"。写老板的必要之恶,伙计无所逃避之苦。有点像生态报告。

第七章"火车时刻表的奥妙"。以火车时刻表的一连串故事,揭露所谓"最高原则"的真相。

第八章"是虚线还是绊马索?"。谈所谓规则是怎样来的?谁定的?为什么会这么定?谁是受益者谁是受害者?

第九章"功臣与奴才"。揭露主子、功臣与奴才的真面目。

第十章"是以君子恶居下游"。分析恩怨情仇的纠缠,以及各种的人怎样以各种方式游走其中。

第十一章"故事套着故事"。告诉我们懦弱与残忍的一体两面。

第十二章"墙后的跷跷板"。谈"什么是朋友"?这应该是作者许多大恸大悲之后的觉悟,极有参考价值。

第十三章"半截故事"。提醒大家不要只听到看到说出来写出来的是什么,还要当心人家没有说不肯写的部分。

第十四章"虫与鸟的故事"。是老话新说,发人之所未发,鸟要怎么当,虫要怎么活?

第十五章"我将如何"。谈到了好人弱者的宿命及德性的尊严。这个末章是为了读本书之后还是没法子不当好人的人加油打气。

这么样的十五个大篇章,每一篇章又包括若干小段落,每个小段落也自可成文,有的以小品作注,点出关键所在,有的让读者自行参悟,各尽其妙。取材看似信手拈来,其实费心不少。从乡野传说到史实掌故,从虚拟的故事到真实的社会新闻,从旁观者到参与者,一本怎么说都不算大的书,举重若轻,四两拨千斤,作者如何地费了多少年的工夫,我不忍想更不忍说。

要说此书有何遗憾,就是《随缘破密》书名无法引起一般人的兴趣。我想,圣贤教主总是把好话都说尽了的样子,读过此书方知未必,有些话孔老夫子耶稣大人也是不肯说明白的,何况他们的遭遇也实在不宜仿效。此书之作用,也是苦口婆心一片慈悲,跟圣贤没有两样,只是换了个角度,好像照片的正片与负片之分。曾经在与尔雅主人隐地先生谈天的时候表示了意见,并且说,应该是一本黑暗的《圣经》,若"负离子"然,是"负圣经"。要是"四书"《圣经》人人都得手中一册,这一本应该也是。

我们这样的小人物,但求乱世不要死于非命,盛世不要太受欺负,也就行了。这本书揭露了大英雄的黑暗面,跟一般动辄要我们追随所谓大英雄的典型大异其趣。这本书就像要为我们这些小人物设个停损点,若是意外的英雄人物也肯读,这本书也为英雄人物设了个停利点,大家都不要走投无路便好。姿态很低,要求很少,所以实惠。王鼎钧六十年来写了四十几种书,世事如风,会留下来多少?难说得很,我倒以为此书的存活力应当在他书之上,否则是大家的不幸,这么讲,不是要咒谁,真的。

附录二

撒向人间都是爱
—— 猜想王鼎钧写作《随缘破密》的动机

胡小林　杨传珍

胡小林：今天我们交流《随缘破密》的阅读心得。以平常心作私人式的交谈，不要像以前那样正规。

杨传珍：那就从文本入手，猜想作者写作《随缘破密》的动机好不好？

胡小林：王鼎钧先生总体上是阳光型作家，他和鲁迅，代表了中国知识分子精神指向的两极：爱和恨、宽容和批判、建设和摧毁。王氏的"人生三书"（《开放的人生》《人生试金石》《我们现代人》）就是要建构积极进取、健康向上、充满善意、勇敢智慧的人格，他的艺术散文《情人眼》、《碎琉璃》、《山里山外》、《左心房漩涡》等，同样体现了"尽善美、参化育"的理念。可是，到了《随缘破密》这部著作，先生向我们展示的却是世界的另一面，用李宜涯的话来说，

"看时但觉冷汗直流,心惊胆寒,觉得这本书过异于鼎公的一贯风格,他无情地将人心看透,冷酷地将世情点破。"

杨传珍:这本书成稿于一九八九年。查鼎公的创作年表,知道《随缘破密》写于第一部回忆录《昨天的云》之前。王鼎钧先生至今已经出版了四十部著作,我想,作者自己最为看重的作品,在《碎琉璃》、《左心房漩涡》之外,应该是他的四卷回忆录了。在《昨天的云》自序里,鼎公说,这"最后一本书",是要为生平所见的情义立传。而事实上,已经问世的前三卷《昨天的云》《怒目少年》和《关山夺路》,除了"为情义立传",还从本质上展示了古老的华夏文明急剧转型的悲壮景观,成为以个人回忆录弥补正史不足的珍贵文献。我猜想,正是因为他对回忆录的看重,所以在落笔之前,要把全部的心事卸下来,轻装上阵,以便集中精力完成这部四卷本的巨著。

胡小林:这只是一个方面。我认为更重要的,是作者借《随缘破密》完成另一个历史使命。

杨传珍:什么使命?

胡小林:小的方面,是为后来者在前进路上指出哪里有陷阱、何处是雷区,以实现"他受过的苦,后人不必再受"

的人生理想。大的方面，王鼎钧先生要以这样一本独特的书，重构民族人格，让驶入惊涛骇浪的航船不致沉没。

杨传珍：这是无可置疑的。但文中不时流露出作者饱受伤害的人生际遇。

胡小林：作者对某些个案进行分析的时候，虽然难以躲开自己痛彻心扉的经历，却没有发泄牢骚，完全跳出了个人恩怨。对那些具体事例，作者采取高度抽象的方式作了升华，使之具有了普遍意义，再以艺术灵性进行还原，把经验和智慧演绎成鲜活的形象，成为跨越时空、超越语境的艺术品。作者这样处理刻骨铭心的亲身经历，我想不仅是为了避嫌，而是要给这些材料赋予新质，使之成为新的生命体，从生命走向哲学，实现生活素材的结构式转化。

杨传珍：王鼎钧先生虽然出生于民国十四（一九二五）年，由于特殊的家学背景，他领略了封建社会的流风余韵，接触到旧有传统文化中优质的精髓部分，可以说，悠久的中华文明是他的精神基座；先生是基督徒，佛经读者，饱受离乱之苦不改信望爱的初衷，使他拥有了世界公民的胸怀与眼界。具备优良的文化人格，无论是咀嚼自己的经历还是思考人类的未来，都会自觉不自觉地将其纳入人类文明史的广阔时空，以对全人类负责的态度"立言"。

胡小林：传统的价值体系，破坏易，修复难，注入有生命力的新质更加困难。科技进步是一把双刃剑，在给人类带来各种福祉的同时，也放大了恶。这意味着，天心与人意合力创造的价值体系，有可能在短期内崩溃。想捂住科技文明副作用的潘多拉盒子，现在为时已晚。唯一的应对措施，是提高人类的精神免疫力，不是躲避而是面对道德恶魔。王鼎钧先生的《随缘破密》，打开的是另一种盒子，他让读者看到的恶魔典型，相当于从实验室里拿出来的"灭活疫苗"，没有了伤害性，却能提高人群的免疫力。

杨传珍：鼎公解剖了一个个老板。这些老板，既是活生生的"这一个"，又代表了人类共同罪恶的原型。在这本书里，作者早年经营小说的拿手好活得以施展，他用锋利无比的笔，把刻意伤害、厮咬、腐蚀、毁灭人性的伎俩彻底挑开，把那些醉心于阴谋的老板置于光天化日之下。作者戳穿了靠邪恶安身立命者的保护色，使受过伤害的读者悟出了恶的基因，让面临伤害的读者自我警觉，也让准备实施伤害的老板收敛了恶意。可以说，《随缘破密》抄了阴谋家的后路，用釜底抽薪的方式，遏制了恶的泛滥，保护了美德这笔脆弱的人类精神遗产。

胡小林：《随缘破密》对人性恶的揭示，看似无情，实际上是作者对世道人心满怀希望、对人类抱以大爱的昭示。绝望者和恨世者把世界当做垃圾场，只有对未来充满信心的人，才有拯救世道人心的激情。

杨传珍：时代的剧烈震荡，强加给作者难以忍受的心灵伤害，靠着坚强的毅力和宽广的胸怀，先生不仅没被这些伤害击倒，反而在化解痛苦的过程中，看透了世态人情。这不由得让我想起了荀子，这个在王鼎钧家乡做过十几年兰陵令的战国思想家。他们两人都生逢乱世，都是在夹缝里求发展。可是最后，王鼎钧变得越发善良方正、高贵儒雅，而荀子却成为一个察言观色的实用主义者，他以冷眼看世界，严酷无情地分析王道与霸道、君道与臣道的关系，探讨怎样在圣君、明君、庸君、昏君、暴君手下做官，看似为了求生存，实乃以轻蔑的心态剖析文崩乐坏的君臣关系，骨子里没有半点敬畏，也没有想想这样的"立言"对后世会产生怎样的影响。

胡小林：在荀子的培育之下，韩非、李斯两个专制之父从兰陵毕业，服务秦国，自此，中国的专制政治由草创步入体系化阶段。在这个意义上,两千年的皇权专利,不能说没有荀子的功劳。

杨传珍:早在十几岁的时候,王鼎钧先生就想阅读《荀子》一书,他的启蒙老师不许,理由是"荀子不是圣人"。直到经历了人生的大寒大热,建立了自己的"前理解"体系之后,王鼎钧才得以阅读这部充满着实用主义智慧的著作。我想,这个时候,鼎公可能就提醒自己,要和这位披着儒学外衣的谋略家拉开距离。

胡小林:对王鼎钧先生在文学史上的地位,我们没有资格下结论。但是,我敢说,他的作品,能够放置到人类文明史的长河里衡量。在《随缘破密》中,王鼎钧先生对大奸大恶的剖析,处处见出作者对整个世道人心高度负责的境界,他让人正视了世间的阴谋与罪恶之后,不畏惧,不绝望,不效法,不欣赏,让人敬畏自然而不游戏人生,顺应天道而不屈从命运。

杨传珍:法国思想家福柯认为,知识即权力,话语对人的认知范式和生活态度构成潜在影响。王鼎钧在《随缘破密》里,以普世之心,把那些恶意和善意、刻意和无意的谎言一个个揭穿,还原了历史真相,其意义远远超越求真本身。作者让人看清许多历史真相的同时，修正了虚假的历史图景，让人们走出历史幻象，幡然省悟，消解了吸引人走进误区的话语权。这样的修为和功德，无论怎样估价都不会过高。

胡小林：把历史事实书写成历史文本，没有纯粹客观的"零度写作"，作者的立场必然体现在书写当中。我认为，解释历史有三种立场：霸权立场、对话立场、颠覆立场。史家在从属群体的离心力和统治群体的整合力面前，以自己的学养和良知分配笔墨。令人敬佩的是，王先生无论对强人还是弱者，都不带偏见：他评判的是，不是站在"正义者"一方对另一方进行谴责，而是像慈祥的爷爷对两个争抢糖果的孙子作耐心裁决。这种超越善恶却又正视善恶的态度，体现的正是王鼎钧先生对国家、社会和整个人类的爱。他清醒地看到了社会转型期的信仰危机和道德危机，也看到了某些人不择手段全盘通吃的贪婪。作为一个靠书写谋生的知识分子，他知道没有比批判传统弊端更容易的事情了，可是，这位"海外中国人的良心"慎用自己的话语权，只要有一分可能，他都要维护已有的道德体系。精神的航船穿孔了，他不惜透支生命的潜能，极力修补，不愿看到翻沉之后重构前途未卜的新舟。

杨传珍：无论是上层建筑还是经济基础，渐变式改良都要比断裂式突变有益于人类。突变意味着道德彻底失序，利益关系重组。大乱之中，当然有得益者，但更多的人会沦为精神和物质的赤贫者。一座古老的大厦，能在朝夕之间推倒，重新构筑符合亿万人君利益的新体系，则要很长时间。也许，旧的价值体系一旦倒塌，人类就要长期挣扎在精神荒原之中。

胡小林：生活在农业社会的人，在人性层面上和今人大同小异，同样争名逐利，你死我活。但是，有神论赋予了他们诸多禁忌，还有血缘、亲缘、地缘关系的制约，个人力量面对大千世界的无奈，这些因素都限制了人性恶的释放。当今社会，人们经历了破除迷信运动的残酷洗礼，思想过度解放，不再敬畏天道，传统禁忌被当成笑料，而异地创业又消解了人际背景，科学技术放大了个体的能力。这样一来，不仅作恶变得司空见惯，而且小恶随时都能够膨胀为大恶。在这样的历史关头，学校教育也想为匡正世风、规范道德做出努力。可是，由于教育追求社会正面价值的表达，教育者向学生灌输的都是部分事实。这看似善意的正面引导，其实是"善意的欺骗"，结果是把一部分孩子培养成缺乏免疫力的温室花朵，把另一部分人打造成两面派。前者一旦走进社会、步入江湖，不是先摔倒再爬起，就是发现了欺骗之后再也不相信正面教育；后者则披着正统的外衣，用最优美的修辞手段，不计后果地疯狂掠夺，游戏人生，毒害社会。这种人，只有眼前利害，没有需要经过良心过滤的是非，更谈不上长远计议。与之打交道的人，不是他的对等伙伴，只是棋子和炮灰。王鼎钧先生展示的世界真相，让我们回到人性和事实的本质，这是对当今和未来负责的大关爱。

杨传珍：王鼎钧先生是精神领域的酿酒大师，他的文章，不仅追求思想的深刻，而且追求壮阔之美。这样，当文章完成了社会学层面的历史使命，后世读者只去寻求美感价值的时候，他的文章依然光彩夺目。这部《随缘破密》的社会使命，从大的方面讲，是要挽救人类价值体系，具体来说，是在"人生三书"的基础上，深度推进人格工程，启发后来者在面对凶险时，以智慧和胸襟趋利避害，成就自己的同时，造福社会，修复道德。抛开这些社会价值，就文章本身而言，仍是美不胜收的佳构。我在初次阅读时，被排山倒海的信息量和石破天惊的思想击蒙了，根本没法思考布局和语言的妙处，通过一遍遍细读，直到把文中的思想熟记在心，不再感到思想冲击时，才注意到这是一部可供写作者作为范文的新文体。

胡小林：作为一个从事人文学科教育的大学教授，且到了耳顺之年，我以为自己不会再被一本书影响处世态度了。可是，《随缘破密》却撼动了我的心灵。读了这本书，我这本来就不硬的心肠，变得更加柔软了。在领略了先生对一宗宗自伤与他伤、害人与害己、捉弄与背叛的案例分析之后，我觉得整个人类都渴望远离伤害，而伤害却又无时不在威胁着每一个人。人类应该轻装上阵，单纯地活着，把复杂的心智用于创造和艺术欣赏，享受巅峰体验，而不是为了可怜私利斗智斗勇，耍弄心机。

胡小林，山东省枣庄学院院长，山东省外国文学学会副会长。

杨传珍，吉林大学文艺学硕士，山东省枣庄学院区域文化研究院常务副院长，作家。

附录三

冷峻哲思下的人性解码
——王鼎钧《随缘破密》析论

黄雅莉

所谓的人生哲思,并不是关在哲学家的书房里,或高等学府的课堂里,而是深深地扎根在实际的生活之中。追求和分享一种智慧的人性观测,是一个诱人的理想和一门深奥的艺术。一九九七年,王鼎钧出版了《随缘破密》,这部书在尔雅出版社的书目中被归属于"人生观察的哲学散文"。

依作者在自序中所言:"此书早在一九八九年就已经写成,当时没有出版,大部分文章也没有发表,却迟至八年后才出版,是否可以面世,也还有些许犹疑。"这对于一位长年笔耕的专业作家而言,是非常奇异的事。为何迟迟才发稿?因为作者觉得太敏感了,读来好像随时都有可能会为自己带来麻烦或误解的困扰,且作者还向读者叮嘱:

"如果你买了这本书,别让你的老板知道。"似乎在这本书中他要向读者透露重大天机,泄露心中得之秘,带领读者进行一场人性与艺术的探险之旅。

人性考察一直是王鼎钧创作的一大重镇,而《随缘破密》直击人性的阴暗面,且多数是对于人性深沉黑暗面的最彻底揭露,取向并非教条式地以儒家信条下的仁义忠孝的道德观为最高标准,而是以能对社会历史的正面发展的变通为上。此书的独特意义在于作者成功地消解了苦难对生命主体的侵扰,而采取了通观悟道的人生态度,深刻地表现了作者对个体生存问题的思考深度。一直以来,表现人性真相如要透彻,恐怕只有小说才能深入方便,而王鼎钧却做了这么一个大胆的尝试,以表现人生真情实感的散文体裁来揭发人性的诡诈阴暗面,甚至冒着可能受到他人指责或误解的危险(注1),这就缘于他长久以来对人性的考察与思索的执著,也是他勇敢面对自己,真诚地写下他所洞悉、领悟人性各种面向后的"心法",他愿意以自己一路行来的观察与思考,为读者揭露另一方人性天地。笔者想透过对本书的探究看它比前人新发现了什么?或比别人多发现了什么?从生活中再发现了什么?真正优秀的作品,都是对生活、人生有独特的发现。本书对于人性与环境的关系,人性的善恶两元、人性所有潜力、人性与历史的发展,都有深刻而独特的挖掘,可视作"人生三书"的另一面向之思考。如果说"人生三书"是从正面的角度来揄扬人性,鼓舞人们朝着修养砥砺节操的光明面迈进,它可以让我们成为一个循规蹈矩的公民,却无法成为英雄或君王之类的"能人";而《随缘破密》却从负面来看人性,让我们理解英雄国王与圣贤典范形成的背后所经历的曲折历程。"人生三书"与《随缘破密》双向圆成,异流同归,作者的人性考察才算全面完整。

《随缘破密》的书名也非常独特,以佛教术语来蕴含文学的不传之密,佛教讲因缘,认为事物的产生都是因其具备了一定的条件,也就是说它的最终发生是当然的,是由"因"而后才形成的"果"。其根本精神是体认个体存在的生活方式,"随缘"是一种自在自得,"破密"是同情与理解,我们不一定要随俗浮沉、与世合流,但可以通过理解而豁然通达。唯其"破密",在"随缘"时才能更加平和而无纠结,无憾恨。唯其"随缘",在"破密"之后才能不至于因太大的惊骇而乱了分寸。本书既带领读者"破密",又教大家"随缘"。更重要的是理解，理解人性的复杂面乃人生的常态，能以平常心视之，并学习如何处在这种摆荡诡谲的人性乱流中，找到前进的方向，不因看到阴暗的一面而全盘否定人生的价值，也不会因为固守教条而僵化自误。作者以超然的智慧写深刻的人性，这是一本值得一读再读的好书。

由于时代的动乱与烽火的洗礼，早就让王鼎钧有足够的判断力去理解世态炎凉、人情冷暖。许多在读者眼中显得触目惊心的人生面向对他而言，却已是司空见惯的人性污点，或许是苦难的经验早就化作对人性的深沉理解。如果说，个人的人生经历帮助他认识了解人性，并更多地给他提供了在人物面临绝境时所揭示种种冷静地看清客观现象的方法的话，那么他所受到的宗教信仰又更多地使他学习如何使人物处于绝境之时做适当的取舍。然而，王鼎钧的超然在于，他从沧桑经历、人世变幻中找到了宗教式的觉悟，他以自己的创作，构成了二十世纪现代散文中的一道独特风景，那道风景中有哲人的冷静，智者的领悟，仁者的悲悯，更有圣者的宽怀。隐地在《心回台湾》(注2)一文中说到王鼎钧曾经传真给他一句话，要他把这句话放在第六印的《随缘破密》之前,那就是:"好人为什么总是碰上坏人?"

为好人的不幸而不平的情绪流露其中。把这句话放在书前最醒目地方有其特殊道理,那是全书发展的基础。

"问题的提出是建构议论系统的前提,其功能就是提出主要矛盾,揭示论理的中心思想,为分析问题和解决问题指明方向。"(注3)因为人性中有善的一面,也有幽暗的一面;有外显的一面,也有不为人知甚至不为己知的部分;有利他的部分,也有自私的部分;有道德作为社会的基石,但也有假道德之名,行不道德之实的恶行;有透过不道德的行为,完成为道德服务的目的……凡此种种,都是现实生活中不可避免要接触的试炼,如果不能解码,就无法在生活中找到平衡,就容易无来由地冲撞,所以,王鼎钧要细心地为读者解密。

在王鼎钧的眼中,人类的苦难就是人类的生存本质,人的存在是一种永无止境的苦难历程。他在自己的第一部自传性散文《碎琉璃》中,就已表现了对苦难的深沉感受。于是,当他满怀情感叙述人生苦难与不幸时,同时也表达了一位优秀作家面对丑恶与阴暗的现实的价值取向与基本立场。

在人世间浮沉，恐怕无人没受过苦难、挫折和委屈。如果要把世间加被于身的喜乐视为当然并不难，然而，要做到把一切的打击、失败、屈辱、困苦都视为理所当然却谈何容易。因为人的心里会不平：为什么忠而被贬、信而见疑？为什么好人总得不到好报？为什么我的善良与正直却不能在社会上立足与生存？当人们对这些问题产生怀疑的时候，很容易在精神上产生危机。因而在这些横逆面前以如何的态度取舍则是我们立足于诡谲复杂的世间极为重要的关键。王鼎钧曾在廖玉蕙的访谈中道出创作这部书的动机：

> 我写《随缘破密》的时候，超出了青年修养的疆界。我不能永远局限在它里面。人生大致可分四个阶段，第一期是兽的时代，只知有自己、不知有别人，只有欲望的满足，没有道德上的满足，像野兽一样；第二时期进入人的阶段，长大受教育，知道人伦关系，知道自制，知道爱人，学习共同遵守的规范。其中有些人能力特别强，便进入第三阶段：英雄时代。英雄为成就他的事业，不能温良恭俭让，不能像在

合唱团里唱歌,他另有一套法则,那套法则和以往我们所受的教育是不一样的;等英雄成功后,就必须转型为第四个阶段——圣贤。如果英雄不能进入圣贤,就会成为特别大的兽,正所谓"不为圣贤、便为禽兽"。我的人生三书,讲的是怎样做人,照那个办法,当不了总统,却可以成为很好的公民。但是,人间另外有一套,虽然不明显,却是存在的。《随缘破密》就是要点破那一套,希望第二种人了解第三种人,也希望第三种人做第四种人。"江山代有英雄出,各苦生灵数十年",他就是有了!既然有了,总得有个办法哄着他、求着他,甚至威胁着他,叫他升级。但愿他头上有天,性中有善,知道长进。

王鼎钧写作《随缘破密》的目的,关注的仍是人的苦难,人的生存状态,其次就是在这样的状态之下,生存方法的问题。在苍茫的历史发展进程中,人性是牵动作家心灵最有力的力量,"所谓人性,实际上就是人类所特有的、共有的性质、功能。人性的产生,一方面起于人的身、心、脑三者的相互作用,一方面外接于自然、社会和人的多层面的相互作用。"(注4)王鼎钧对人生的发展分为四阶段性,此四阶段的呈现已说明人性是处在不断的演化之中,当人类从依赖本能生活转向依据理性生活,追求自我的完善,但也正是这种自我完善化的能力,英雄必定要成为圣贤的典范,否则就是大众苦难的开始。

《随缘破密》就是要引导争逐权位成功的英雄必须知道修养之重要,必须找回道德之善。在这发展的过程中,使人显示了谬误,但也显示了智慧;既加深了人的邪恶,也发展了人的美德。这发展的本身,其实就是人性臻于丰满完善的体现。完整人格的实现就是对兽性的超越,对人性的提升,使人性中兽性向神性,物质性向精神性的提升。

文学是人学,"文学是人性之学","文学更是一门研究人的诚实的学科"(注5),谁也无法否认文学的最大功能就在于对人的描写,对人丰富精神世界的表现,对复杂深奥的人性的揭示。分析人性,有助于政治和教育的改善。

人是什么,人怎样,不仅政治家要考虑,教育家也要考虑,文学家更要关注,人的问题弄清楚了,才能给政治的改良、教育的改善提供前提和基础。政治家才知道如何利用人性为人服务,教育家才知如何去规划人的身心发展目标，文学家才能借着文学提供给读者在这虚无、残酷的时空中继续前进的力量。

《随缘破密》以"人性"的剖析为主轴，看道德及道德的分际、看人们如何看待道德与不道德、看道德与不道德如何圆成功业，或是道德与不道德如何被错用践踏以致坏事。全书不以激励引导的方式教导读者迎向人生，不以人生美好的面向诱导读者积极奋进，反而是教你看出事件背后的事件、问题背后的问题。人性是一个谜，只要能识破它，可以帮助我们化解苦难。王鼎钧正是以自己丰富的阅历与饱经挫折沧桑的个人体会揭示事实的矛盾发展，用自己独有善于思索的知性优势描述着一个个丰满深沉的个体，带领着读者感受到一个个如宇宙般广阔、丰满、深邃而神秘的世界。人对外部的世界改造得以成功，即要从认识中的"求真"为前提，正是在"求真"指导下的活动，才能在人与自然、人与社会之间建立合理的关系，说穿了，王鼎钧创作这本书的目的即在于追求一份至真之理。这一份"真理"，凌驾于"善"与"美"之上，它颠覆了道德的完善与人格的修美，但或许这才是适合在复杂诡谲的大环境中建功立业的一套权宜与机变的生存哲学。

> 人,不一样就是不一样。有人见了道德想遵守,有人见了道德想背反,有人见了道德想利用。不一样就是不一样,有人为道德牺牲,有人使道德为他牺牲。

王鼎钧把道德与人之所用的关系用几句话就涵盖了。"人性"一词是我们容易了解但却很难解释的一种神秘的东西,它不是外在得来之物,而是发自内心的东西。它是独一的、个别的、自我的外在迹象,也可以是一个人真正自我的自由、完整的表达。在中国传统的思想中,关于人性的善恶论争始终都没有跳出道德的范畴,孔子提出"仁"的学说,孟子在继承孔子思想的基础上,进一步地提出了个人都天生具有仁、义、礼、智萌芽的人性论。在儒家看来,道德的正当性优先于政治上的利害性。

孔、孟的政治理想都寄希望于君王的才德兼备,实现理想教化。但是,在社会急剧变动的春秋战国时代,他们所谈的仁义道德虽博雅恢宏,却是陈义过高,缺乏具体可行的办法,故孔子周游列国,执著于理想,却处处碰壁,最终是"知其不可而为之"的茫然无奈。而王鼎钧在《随缘破密》揭发事实真相之后,儒家所讲的仁义礼智的主张反成了弱点,孔子被视为不知变通的失志者,因为作者更深地看到另一层面的问题。

他认为了解人性的目标在管理天下,而不是为了判断善恶。儒家的道德教化,从理想人格的层面来理解人,或许有其道德修养上的重要意义,然而,对于管理天下人而言,就不切实际了。王鼎钧不愿在人性和人的本质作抽象的道德评价,而是把关注点转到历史政治的领域,试图在社会发展的客观环境中认识人的本质属性。

每个人都存在复杂而多层次的人性面相,如果我们只从表面浅层的人性来看,并对它加一价值上的善恶判断,时会有欠公正和正确之虞。"人性问题,只能从'关系'角度来加以认识和理解"(注6),即观察和研究人与自然、人与社会之间的关系中的人所发挥出来的功能。王鼎钧思考的人性,即是从群己、天人的相互作用关系的基础上加以考察,因此对"人性何所措"有一系统的认识。例如他在《四个国王的故事》中说:

成大功立大业的人,例如国王,他固然不能完全拘守道德,可是他也不能完全违反道德,彻底反德纵能一时成功,最后仍要失败。

必须有道德,也必须敢于不考虑道德。"无德必亡。唯德必危。"

盗有道,道变盗。成事者必有一德,也或有一恶。

人性在善与恶两极对立与转化中展示了人的复杂性,历史也在人性的两极化的交错中发展。道德与不道德是相互对立的两个行为范畴,二者似乎界线分明。其实远非如此简单。一个行为表现之道德与否,对社会发展的影响是正或反,其定性判断不是绝对的,而是受到许多因素的制约。从人类发展的进步的角度来看,一个犯过的行为在通常的情况下应受到谴责,并因而容易受到个体道德标准的自我阻抑。但这同一个行为,若在个体认知的结构中被重新组织而发生性质的转变,那我们可能要用另一套标准来评价它。不道德的行为若有益于社会历史的发展,它应是被接受、被肯定的必须。

在人类历史发展的长河中,人类某些个性在某个时段或某些方面远离人性,甚至违失人性,但这并不表明人类没有人性。人类讲道德，社会组织要向着高层次发展，这个大趋势是人性所决定的。所以，指称人的发展过程为人性，并不排斥当中有某些时候、某些人违失人性。人性，总要从发展过程来看。善、恶与正、反交锋所形成的"合"正是历史发展的原动力。真正成大事的人，是能够不拘执，不固守，能同时掌握正、反两面而达到"合"的境界。

人性依违于光明与阴暗之中，善与恶不是那么容易被截然划分，每一种人性的本质，都具备截然相异的特质，但却被异向同流地统一在一个体之下，这也是"正—反—合"的辩证发展道路，是成就功业者必然要走的路。

向来"知人论世"地评价历史人物的是非功过，都关注其言与行的一致，以及功业与道德兼顾。例如：刘知几写正史人物、评历史人物的目的，是为了发挥史学的社会功用，即："其恶可以诫世，其善可以示后。"(注7)这里说的"善"、"恶"，自然也包括功业与道德两方面。中唐时期史家李翱《答皇甫书》(注8)更进而提出："富贵而功德不著者，未必声名于后；贫贱而道全者，未必不煊赫于无穷"，也明确地表明人们对功业和道德的重视。从现代的眼光来看，所谓功业显著和道德高尚，都被认为是有利于社会历史进步的基本尺度。

评价历史人物，一般来说，多着重在论定其功过得失。王鼎钧亦透过中国历史人物的种种作为，借以由古窥今，以达古为今用的目的。然其论定那些在历史舞台扮演过重要角色的人物，论定他们的善恶是非、功过得失的关键何在呢？其关键在于，看他是"加速"了还是"延缓"了，是"促进"了还是"阻碍"了社会的发展、历史的进步来判断。

> 遵守道德的是君子，违反道德的是英雄，利用道德的是谋略家，三者都是人杰。

王鼎钧乃以通观的眼光去看待道德与功业的悖论，并不以违反和利用道德者为恶，反而肯定对历史与社会发展影响甚深的英雄与谋略家皆为人杰。由此可见，人性所表现出来的恶，不独有用，而且是非常必要的。显然，在一个奔竞争逐的时代，为了图强，甚至是为了生存，人们必须以违反道德来保护自己；从另一个角度来说，在一个历史发展迅速、社会变动激烈的时代，必须以个体的人性的"恶"来适应它。王鼎钧对于人性的恶有着同情的理解。他理解这样的现象不仅是可能的,而且是必然的。并且,这种理论还有它客观的合理性及对历史发展的正面影响。因为人生的事件发展,都不是孤立的,它们遥相呼应,互为因果,"对某些人来说,要做一件不道德的事,先要做几件道德的事":

> "尺蠖之屈,以求伸也",屈不是目标,伸才是目标。对某些人来说,"屈"是处处遵守道德,"伸"是敢于违反道德。"屈"和"伸"都该是行为结构的一部分,"屈"并不是即兴的,下意识的,不是美之为而为的"性本善","伸"也不是小人得志,虐待狂或"好头颅,谁当砍之"那样的自暴自弃。"屈"、"伸"乃是他们的筚路蓝缕,先难后获。

我们一般人的思考,人心的黑暗是不可遏制的,只要条件适合,人的恶就会突破文明的制约而酿成灾难,而人性的善良面可以战胜黑暗,征服一切困难;但王鼎钧却认为人性的黑暗不是破坏与幻灭,而是一种社会发展的规律。

人们必须依靠自己的能力生存和发展，而能力也是实现人的价值的一种有效方式，是左右社会发展和人生命运的一种积极力量：

> 国王未必能居仁由义，但是他必须谈仁说义，这是受文化规范，看出文化有多伟大的力量。

作者认为文化给予成功者架设了的框框材料就是"道德"。不管手上沾有多少血污，或是口袋里有多少肮脏钱，最后得钻进这个框框，才成正果。钻进框框的人得先有个"入围"的资格，就是所谓"成功"，要挣到这个资格却不能依赖道德。他在奋斗过程中"不拘一格"，成功了再"入格"。甚至，入格后有了重大问题时临时"出格"，问题解决又回到格子里。

历史上争权夺利的过程中,有谁能避免得了失德的行为?唐太宗的玄武门之变，为了争权夺位而杀兄，是谓"出格"，得位后创造"贞观之治"，是谓"入格"。作者对这出格的行为是持谅解的态度，当功业与道德不能并存时必要"出格"，"出格"时只能立功不能立言，但只要最后仍"入格"，以前种种"出格"都可以被隐讳或谅解。隋炀帝与唐太宗不可同日而语——其缘由在于，一个是"出格"者，自身不正，固有令不行；一个最终懂得以自身端正而"入格"，所以人尽其才，材尽其用。

有人认为道德是虎，可以替人先行开路，只要跟着道德规范走就无往不利；而作者看法却不同，他肯定"人"的智慧与价值，成功的君王有不同于寻常人的眼光与魄力，"道德不能自己走路，得有'人'冲锋陷阵为它开拓空间"：

> 国王，各式各样的王，坐着天使和魔鬼并驾的车，跋涉长途，最后到达"成功"旅馆，进入"道德"套房，是一种理想的人生。

理想的人生，是具有变通、不固守的智慧。他可以使"道德"与"不道德"异流同归，以不道德的手段，进入道德的境界：

> 道德家发现，最后的道德效果，竟然靠前面一连串不道德的行为来支持来酿造，人为了实践道德的

目标，竟然靠若干不道德的手段来达成。

道德一直被视为成功的催化剂。在一个道德观念已相当成熟的环境中，如果一个人违反了规范，他的心灵和自尊会受到伤害，周围的人也会以各种方式惩罚他。但通过王鼎钧的分析，我们看到楚汉相争中刘邦屡次脱险与获胜，恰恰源于一些非道德、不正当的行为。尽管人们可以从道德上对他的这些行为进行谴责，但事实上这些行为带给刘邦的却是更多的打赢分。刘邦他打破了由伦理道德规范的一切常规，抛弃了一切束缚，恣意与项羽争霸天下，从而在战争中取得先机。为什么会出现这种道德与功业几乎完全脱节的情况呢？在很多情况下，群体之间的规范是不一样的。

所谓的不道德行为，往往是人们根据自己的群体规范作出的判断。但如果一个人的作为被自己的群体所支持，他则不需担心其成员对他的行为进行谴责和实行道德上的孤立。刘邦集团的构成决定了其下属对于刘邦不道德行为的支持。如果当初刘邦为了顾念亲情，坚守道德，便会让全体部下一同作愚蠢的牺牲，"人生在世跟上这种领导者，也算倒楣"。作者说刘邦"狠中自有不忍",所以,当刘邦对项羽说"请分我一杯羹"时,汉军将士的反应是非常感动,这一举,提振了士气,收拾了人心。如果从伦理道德的角度来看,我们固然可以认为刘邦在楚汉战争中的不道德行为是错误的,但如果因此认为其所作所为是他成功的障碍,则无疑脱离了当时的社会实际。在历史上,真正能成为道德与功业并驾齐驱的楷模又有几人?刘邦的成功在某种程度上,恰恰在于其对于伦理道德规范带有市井之气的那份决绝。甚至表明,在一个道德沦丧的混乱社会里,没有为达到目的不择手段的气魄,反而难成大事。

由上述刘邦一例来看,强者与能者有时难免做坏事,做坏事是为了达到成功,正如王鼎钧所言:

> 坏事与错事不同,两者分别在事功效果。有时候,"好事"恰是"错事"。

"恶"是现实社会和人性中客观存在的事实,回避、掩饰"恶"是一种自欺欺人的愚昧行为,必须面对现实、承认恶的存在,看到恶的历史进步性与积极性。历代所有在心中坚持独善的人，由于厌恶污浊的世道和高洁的禀性难以相容，自不免时运乖违、仕途蹭蹬。原因很简单，任何人首先必须维系生命，这是其他一切活动的前提，人不能饿着静候理想世界的到来；再来，人必须寻求一种生存意义，生命价值的发展，这是物质生存的基础。作者在遵循着人性对生存价值的需求的必然律之后，于是，在好人与坏人之外，另外提出"能人"，所谓"能人"就是懂得变通、圆融、达观而得到成功的人。作者在《道德的傧相》中说：

> 生活在今天的世界上，我们还能冀求什么呢？只要"不道德"能为"道德"服务，也就算是盛世了。
> 怕只怕"道德"总是为"不道德"服务。怕只怕道德是技术，是工具，是权宜，是兵不厌诈的那个"诈"，是粉饰太平的那盒"粉"。

作者并不高谈阔论，因为知道，世界并不存在着完美，因为无法达到完美的理想，只能退而求其次——只要不道德能为道德服务，对社会就有积极的作用，也算是值得宽慰了。这是王鼎钧对社会圆融通达的观照。在现代社会的钢筋水泥屋中,文学家无疑是第一个醒来的人,他们要唤醒那些固守不通的人性,"忠厚是无用的别名",他不能眼睁睁地看着人性变成机械性的僵化模式。那么,该用什么为此鸣锣振鼓呢?人性之"恶"无疑是最佳的选择,"恶"是历史发展的动力,每一种新的进步与改变,都必须用一反动的力量,表现为对一种高贵神圣事理的亵渎,此时人性之"恶"虽然从道德评价上是为世人所不齿的,但从历史评价的角度而言,却无疑是一种进步的力量。只要"不道德"能为"道德"服务,由"出格"进到"入格",进入道德人格,对社会就有进步的意义。作者并没有背弃人性道德良善的那一面,他只是把目光转向更内在的追求,或者说是更深层的探索。当他在文学中对人性中恶的挑起,无疑是重新唤起人们对本真自我的反省,这自然有其积极意义。

在追求功业的过程中,有时必须完全以世俗的功利为标准而不给道德伦理留下位置,但在功业达成后,君王又必须以"道德"为饵号召另一批人。"以道德为饵,极低的成本钓到极好的鱼"。功业的追求一方面可能阻滞人的道德精神发展,一方面又给人的道德精神的发展提供了新的可能。王鼎钧对于人性"恶"的审视与挖掘，具有极大的现实意义，为人性完善与社会进步提供了一面具有自鉴意义的镜子，从而弥补了一般文学作品对"人性"的片面看法。

与种种人类的感情一样，亲情也被王鼎钧看到了它的虚妄与不可靠。作者冷静地看出了骨肉手足之情也是有条件的，更具体地说，亲情也是以自私自利作为彼此考量的基础。从理性角度来思考人与人之间相处的法度模式，只要是利于他人，即使远方的陌生人也能相处甚欢；反之，如果是以危害私人利益为主，那么，就算父子手足也会反目成仇。《故事里套着故事》一文讲了一个较为完整而具有波折的故事，后面所讲的故事都是由前一个故事的结局引申而出。一个少女在全家人几至绝境的困顿中被迫去到遥远的大城市出卖灵肉，终于使得一家人绝处逢生。她以完全自我牺牲的沉重代价拯救了亲人，却成了一家人的精神重压，成了一家人心中的污点，救星竟然成了灾星，受到了可怕的怨责甚至致命的诅咒。这个故事残酷惨淡，成了作家窥探现代人性嬗变的最佳观点，"套"出的故事或许是出自于作者的拟想虚构，却是作家对现实人生具体个案考察有力的拓展和延伸。"假设越多,意外越少",正如文章副标题所揭示,人们之所以要有种种假设,就是为了要力避种种意外,也正因为生活中无时无处不隐伏着意外,才会引起人们的种种假设。

但作者给我们说的那个具体的故事结局无疑令我们大感意外,那个十八岁的女孩子不是因为追求一己的享乐而去到遥远的大城市出卖灵肉,而是在一家人困顿至极,窘态百出的惨痛情境中挺身赴难的。然而,那个少女的弟弟却出乎意料地由常态走向了人性的畸变:他靠着姐姐的卖身钱上了大学,成了知识分子,毕业后跻身上流社会,却以有这样的姐姐为"可耻",进而怨责她,诅咒她,"希望这姐姐马上死掉",读到这里,也许读者的心都要纠结绞痛起来,感到浑身的气愤冲腾,还有比故事中弟弟这样人性沦丧更让人痛心疾首的吗?但王鼎钧并未满足于他所讲的故事所给予读者形成的巨大情感冲击,他似乎分明在提醒读者,这还不值得惊诧,人世间像这样的情形哪里会仅此一例?类似这样的故事说也说不完,道也道不尽啊!于是,他充分发挥了《随缘破密》一书中独具一格的小标题提炼功能,全方位、多层次地开掘了那个具体故事的结局在世

人的精神上形成的发散效应,从而引导读者超越那个具体故事,由感情的激愤进入理性的沉思:

过度的善良会摧毁它的本身。

作者借哲人莎翁对人性的深刻思辨来诠释印证自己对那个具体故事的超越性感受,它具有对整个人性世界极大的穿透性和概括力。但世人却以这富有哲理性的诠释来解说已接受了善行而又无法补报的心理重压。如果说,世人仅仅因寻求心理的平衡而导致的这种人性失调,还不至于对整个世界构成太大的负面冲击;那么,这种心理失衡在以下的种种恶性发展就将具有对人类与生俱来的善良品性形成颠覆的危险:

恩怨恩怨,恩能生怨,恩即是怨,怨即是恩。

这是王鼎钧对这个故事结局的沉痛概括,这不免令人惊讶:难道"恶"是"善"逼出来的?很多正面的事发展过度之后竟走到反面上去,正如老子所言:"正复为奇,善复为妖"(注9),一旦受惠人在心里把自己调整为受害人之后,就能在自解自慰中使自己"以怨报德"的恶行得到强烈的理由。综观现代人类精神的嬗变轨迹和形形色色的人性现状,我们看到人性的"恶"正从"隐"走向"显",并且以冠冕堂皇的姿态为自己寻找正当的理由和借口。

"知恩图报"的观念所建构的人伦大厦已摇摇欲坠。然而,我们如果只是痛心疾首和激愤填膺并无益于人性异化与恶化。正如谭光辉在《以怨报德的症候分析和人性启示》一文所言:"因为善恶的交锋不单是一个感情层面的斗争,它更是一个在理性层面上的吞噬与反吞噬之战。因此,它需要善者用理智而不是感情,用方法而不是用简单粗暴去战胜恶。然而,人们常常只会感受善恶,而不会分析;只知判断,而不善于理解;只知站在一个角度评判,而不会双向分析,因此,往往很难从矛盾冲突中受到启示,调节行为。"(注10)而王鼎钧永远是善于用冷静的头脑分析与思索,他在对人性本质进行重新的观照时给了读者这样的当头棒喝:

> 事情发展到这个程度,真是何必当初!要怪只

能怪你那不自量力的善行，逼出别人的恶来！弱者不可行大善，只能行小善。耶稣可以牺牲自己拯救别人，因为耶稣是神。你是什么？

王鼎钧营造这个故事所呈现的人生现实都在告诫我们：人在行善时要适当调整行为，不要过度施善造成他人无法回报的局面，而使善行成为他人负欠我们人情债的精神负累，因为那样的结局可能有二：一是使受恩者成为终身都处在还不完施者恩惠的精神奴隶，如果是这样，施者就未免残忍；二是像《故事》中的弟弟那样由受益人调整为受害者，借以摆脱精神压力，甚至像"绝招"中的那样，将其付诸实践而做出伤害施者的事情而变为恶人，那施者就成了"破坏"心灵环保的罪人了。如果受者是个恶人，那施者所施之恩反而成了助长他恶行的资本。相信在这些标准的考验下，许多隐藏在背后的人性都会暴露。换言之，在这些人性的照妖镜下，上帝的终究会归于上帝，撒旦的自会归于撒旦。

基于上述原因，对善行的把握要有"度"的智慧："你来，是要改进自己的命运，不是改进他的习性"，"不必牺牲自己去改进别人的命运",牺牲自己而去改变别人的命运,只会适得其反。当然,作者绝非是要鼓励我们在人性黑暗的摸索中自私自利、明哲保身,更不是要我们抛却乐善好施的人性美德,而是要我们掌握分寸,正视人性演变的复杂和为人的艰难。对人生有了多种假设,我们才能在遭遇到不同情况时不会大感意外,我们才能把意外降到最低,王鼎钧是站在全人类精神健康发展的高度来审视、把握。这些标准在当今仍然具有相当强的实用性,这个故事代表了千百年来人性的复杂变化,今天仍值得我们借鉴参考。

俗话说:"在家靠父母,出外靠朋友",这种说法既说明朋友的重要,又表明了朋友的价值在于被依靠。也有人说:"患难见知己,烈火炼真金",这对友情提出了一种要求,企盼它在危难之际适时出现。在《三国演义》中,刘备、关羽、张飞桃园三"结义",以"金兰帖"为证,取义"二人同心,其利断金;同心之言,其臭如兰",已成为我们心中对友谊的向往。依一般人的看法,人在世上是不能没有朋友的,没有朋友,会感到孤独。王鼎钧在《墙后的跷跷板》

一文却从贵贱地位异势的角度重新去看朋友的定义,提出了令人耳目一新的"阶级狩猎"观:

> 人生在世有一个人事网,这个人事网由他的各种需要构成。一旦环境变了,地位变了,他的需要今昔不同,人事网必须重组。此其一。
>
> 人生在世都有"形象",形象是"别人眼中的我",除了"别人眼中的我",还有一个"自己心目中的我",人奋斗的目标是拉近两者的距离。人一旦富了贵了,改变了"自己心目中的我",也要把以前留下的"别人眼中的我"消除。此其二。
>
> 由于一,当年他最倚重的人,今后是他最疏远的人;由于二,当年他最亲热的人,今后是他最防范的人。一个人升官发财之后,要用一套手段把上述两种人打到地平线下,这在英文有个说法,叫"阶级狩猎"。发明"交还金兰帖"的人真是聪明,他把阶级狩猎演化成优雅的仪式,省去惨烈的过程。这智慧,恐怕是经过无数痛苦才产生的吧。

"跷跷板"这边高,那边就低。隐藏在墙后的"跷跷板"意即人与人的表面祥和相处而背后却因"阶级"的高低异势而生发的种种类于猎人对待猎物的冷酷状况。人生有两大问题,一个是自我的追求,一个是我与他人的竞争,而竞争是很激烈的,永远不会停的。人是很复杂的动物,朋友与朋友之间,其间夹杂着许多说不清的关系与成分,就连亲如兄弟的朋友,也会因为暗中的较劲而成为敌人。王鼎钧在《墙后的跷跷板》这篇文章的各段之前,一再重复:

人是复杂的动物,但是,你如果了解他,他也很简单。

似乎有意来为迷失在友谊歧路的人们解开这其中难言的密码。因为"阶级狩猎"而造成关系的巨大变化,朋友关系结束,君臣关系就开始,当我失去了没有可被朋友依靠的实用价值之后,当我的好朋友成为我的顶头上司,一切被我帮助过的人已不能算作是朋友。友情,一拍即合,也一挥就散,从一个倾心相谈的起点,走向一个无言以对的结局。过往的朋友情谊都随着关系的改变而黯淡失色,"浮沉各异势,会合何时谐?"只要"阶级狩猎"的关系发生,就没有一个朋友算得上"知音"。正如俗语所说的:"你有我有,就是朋友;你有我没有,不是朋友。"不管你在其中如何地感性,如何地待人以良善,终究是徒劳,正如作者所言:

> 经过"阶级狩猎"以后,你们的关系再也不能完好如初了,尽管打猎的人偶然谦恭下士,假以辞色,尽管被打下去的人受宠若惊,歌功颂德,终究虚伪多于诚恳。猎人深明此理,他内心永远提防你。
>
> 可以说,一旦你的朋友中间有一个人高升,尤其做了你的顶头上司,你的世界里就有了地震、冰雹和酸雨,难以遏阻的"环境污染"潺潺而来。

阶级狩猎所造成"心的伤害"既已成为一种不能改变的定律,一种自古皆然,人人如此的群己问题,它就永远是普遍的,而我们能调整改变的永远只是自己的心境,能做的就是适应与接触这种新的人我关系。如果不明了"阶级狩猎"所造成的必然伤害,仍然一味不明就里地朋友来朋友去,什么兄啊弟地称呼,人生会加添多少虚假和脆弱。当人与人的关系,随着世代更替,而变得更敏感与疏离之际,像伯牙、子期般的相知相惜,几成绝唱。或许也因为如此,我们比以往的人,更为直接、更加亲密地面对自我。我们会知道凡事都有其阴暗面,人性如此,不必惊讶。虽然,我们曾在阴暗中困惑过,痛苦过,但后来终于明白,友情的到访与离去是一种探测,告诉你现在与原先进入的那个层面的真假关系。人与人之间,因为有着利害的冲突,才有了解真相的机会,也才能使彼此有重新试验情谊的高低深浅的机会。

如果有一天,你一直视为莫逆于心或生死与共的朋友,突然因地位关系的改变或利害交关的发生而对你冷眼相对或构陷重伤,那就意味着你可以离开这段友谊了。开始时友谊是真的,只是到了后来,面对利益的引诱,一方对另一方做了不义的事,导致友情破裂。面对这种情况,我们所采取的态度也是亲疏随缘,不要企图去挽回什么,改变什么,更不要陷在已经不存在的昔日友情中,感到愤愤不平。应该知道,一个人的人品是天性和环境的产物,这两者都不是你能够左右的,你只能把它们作为既定事实接受下来。在难料的世事里,或许只能以随缘不变的情怀,面对诡谲多变的人性。

在奔竞的大时代,为了自己的利益而进行斗争实不足为怪,同时在社会生活中,为了生存,争夺亦成为必要的技能。社会给了人们实现自我价值的机会,而人们也在不遗余力的实现过程中暴露出人性好利恶害的本性。关于此,韩非子早已了解和掌握人性对治理天下的意义:

> 凡治天下,必因人情。人情者,有好恶,故赏罚可用;赏罚可用,则禁令可立,而治道矣。(注11)

韩非子认为,儒家从理想层面、高贵层面来理解人,或许有其道德修养上的重要意义,然而,对于治理天下而言,就不切合实际了。因此,只有从现实层面上来掌握人性才是管理天下最需要而又最有效的认识。要治理天下,首先就要掌握人的性情所趋,从而根据并利用这种人性之常,以达到治理天下的效果。在韩非子的眼里,人都是有好恶的,而人的好恶是由现实上的利害来加以考量的,也就是说，人都是好利恶害的，这就是人的性情所在。虽然有论者以为好利恶害是种自私而不高贵的人性，然而，我们也不可否认，人是必须争取自己存在下去的可能，好利恶害就是人的自我保全的本能趋向，这并不能算是一种罪恶。在一个秩序混乱、社会动荡的环境中，除了极少数的君子，人人都把个人利益看成高于一切，这是当今社会小人充斥的原因。基于这种现实，治国的方略只能根据小人的特性来制定，而德治的方法不仅无益于改造小人，甚至会使仅有的君子也成为小人。

前人的哲学及心理学，如荀子、韩非子的法家思想无异给了王鼎钧拓宽视野的启示。王鼎钧由此而思索的是"办公室的政治哲学"，即不为人知的"老板心理"和同事之间竞争的微妙关系。很多新鲜人在投入社会之际，因不明白老板的心理，所以，在社会上撞得头破血流，最后还是不明白为什么别人可以大老板的姿态呼风唤雨，而自己永远只是被摆布的一粒棋子。原因在于我们的社会本来就是弱肉强食，而老板代表的是"公平"，然而公平往往站在胜利者的一边。作者在《某种游戏》中提到，一个老板通常会坐视同事之间钩心斗角而不予排解，甚至有暗中安排强化的情形。何以故？作者说：

> 同人之间，某种程度的不停的摩擦，不停的排挤，是老板乐于见到的事。在老板眼里这就是上进。
>
> 这些人在上进途中需要老板支持，因此双方都对老板加倍地体谅，加倍逢迎，在老板看来，这就是效忠。
>
> 老板并不反对部下互相倾轧，在他看来，如果部下亲爱和睦，他们就不会在工作上企图压倒对方。
>
> 老板也不反对部下互相告密，在他看来，如果部下都隐恶扬善，为亲者讳，老板永远不知道每个单位、每个业务的缺失。
>
> 因为同事之间的嫉妒比较和钩心斗角可以提高公司的经营效率，所以老板乐见其成。因此，一对原本是莫逆于心的好朋友有可能在同一个公司里反目成仇。

这就是所谓的"老板心理"，为了让人才发挥最大潜能，不惜制造同事之间的心结而形成竞争关系。作者从各种不同的角度勾勒出老板的真面目：

> 杀了说实话的人，也可能杀了说谎话的人。
>
> 大有为的老板，他的经验是，人都会为自己的名利打拼，人都想比别人领先一步、高出一寸。人都想自己银行里的存款比别人多一块钱，即使"别人"是他的兄弟姐妹父老诸姑。
>
> 在大老板眼中，只有"有用的人"和"无用的人"，无所谓好人坏人。
>
> 大有为的老板是何等样人，他心里想的，决不在口中说出来；他说的，决不做出来；他做的，决不写出来。
>
> 老板是"狮子与狐狸的综合"，意即残忍与狡诈，尚须混入豺、狼、鹰、鹞；无论如何不能像羊、兔、猪、雀。
>
> 老板是制造竞争的工程师，使部下彼此相争，所有的倾轧排挤，都升华为对老板的争宠献媚，于是老板觉得很安慰，也很安全——部下没有造反的可能。

> 大有为的老板,能搜集人的幻想、热情、忠诚而发挥之,同时激发人的贪婪、虚荣、残忍而挑逗之,大则影响历史文化的发展,小则左右个人命运的形成。

作者通过他对现实社会的观察而得出了这样的结论:自私是人的本性,谋取私利是人的一切活动的动机与目的。

因而,人与人之间都在自私自利的基础上,"各用计算之心相对待"。

在上者与被统治者之间的关系就是建立在利害矛盾上的。因而,统治者就应该正好地利用人性的自私自利,用赏罚来统治下属或老百姓,顺应人性的规律来进行国家治理的观念。既然利害相交是人类社会的规律,那么,人们为求生存和发展就必须依靠"力",即"能力"加"努力"。人与人之间都是"竞于气力"的,老板他鼓励私人竞争,以发展生产。有如现代管理学所强调的,适时引入竞争和激励机制,形成前进动力。

人的欲望比性格更能代表一个人的存在价值,因为人才就在老板的身边,如果建立合理的竞争机制,他们就能鲜明地脱颖而出，发挥最大的潜能。

本书所涉及的都是老板驾驭下属的技巧，既有管理的技术，又有管理的艺术，更有管理的权术。虽然，管理的权术在道德上不可取，但在实际的管理活动中，却为老板所身体力行。通过权威的树立，从而达到孝悌有序，起居有方，行止有度，赏善罚恶，人人各尽其才的管理境界。

大自然有一条强大的生存定律，强者的追逐，弱者的奔逃，无处不隐藏着危机，它所展现的是自然界中亘古又永恒的"弱肉强食"的生存斗争现象。从人性的角度讲，掠夺性是人的心理状态之一，常人都有掠夺之心，只不过在社会规则的制约下，都自觉地服从于一种伦理道德，不去表达罢了。所以智者必诈，勇者必狠，谋者必忍，这原也是符合人性无奈的真实。人们靠实力确定自己的地位，等级分明，没有平等、公正可言。有势力者高高在上，为所欲为，而芸芸众生则在社会底层被愚弄。前述办公室诡谲的政治环境中，做一个大有为的老板，当然是够狠够冷够阴够诈了，所以，居下游的上班族就可怜可悲又可叹了。在这样险峻的环境下想要存活，必须要从中领悟一些自处之道，作者为我们指示了几条"明路"：

你到了这个"大有为"的环境里,对所有党同伐异、尔诈我虞的情况必须抛弃道德判断,注视其过程与结果,直到你有一天十分熟悉游戏规则。

怎样"事暴君"呢?荀子的主张是:崇其美,扬其善,违(避讳)其恶,隐其败(腐败),言其所长,不称其所短。

"事暴君"并不是背弃贤君、选择暴君,而是在不能选择无可选择的时候,设法借暴君的权力建构做些事情。

上班族的宪法第一条是,永远不要对老板绝望。

做一个成功的老板不可愚,不可懦,不可私,倒没听不能坏。他偶然坏几下,不可计较。

以老板为友者得大利,以老板为师者得小利。以老板为敌者倒大楣,以老板为路人者倒小楣。天下无事时为奴才,天下有事时为人才(切忌天下有事时为奴才,天下无事时为人才)。

好部下长期伺候一个好老板,到后来会对老板产生"孺慕",综合了君臣、父子、夫妻、师生各种感情。

> 这是最奇特的关系,从老板的角度看,是最理想的关系。从部下角度看,是最安全的关系。

以上"老板的真面目"和"员工的自处之道",莫不是作者洞悉人性、观测生活经验所得的智慧结晶。人们要是想在上班这件事里寻求自己的定位、自己的价值,别人的肯定和别人的认同,是需要智慧的。薪水光是用岁月去换是不够的,有时,你还得用灵魂去换。《随缘破密》走了一条全新的探索人性道路,对人性恶的挑起,为的是重新唤起人们对本真自我的反省,而这种人性的探索,不仅与人道主义没有对立的关系,相反体现了一种更为深层的追求。

或许有人认为在"伴君如伴虎"的情境之下,身为部属的只有忍气吞声,隐忍负重,几无自尊可言,甚至扭曲自我,恬不知耻,不过为了生存,又能如何?在此,作者于《鸟儿、虫儿、人儿》一文中说:

> 鸟在天上,虫在地上,阶级森严。
> 虫类只有努力繁殖,补充损耗,但求在鸟们吃饱了、长大了、繁殖了之余留得一线命脉。虫永远比

鸟多，也必须比鸟多！

老板与下属，永远是强与弱的对列，"虫不可能进化成鸟，生了翅膀的虫仍然是虫，无论飞到天涯海角，彼处仍有鸟在，鸟也有翅膀，虫仍然是鸟的粮食"，弱肉强食，千篇一律，既然是弱者，必须循规蹈矩，遵守道德规范。这是生存的智慧，"智慧，让人下人活得容易些"。天下没有愚蠢的员工，只有装傻的员工。

欧宗智认为："若说王鼎钧《随缘破密》是新厚黑学，也不尽然"（注12），原因在于《随缘破密》比李宗吾的"厚黑学"更强调在不同情况下的随缘变通，它除了让不黑不厚者精明一些，另一目的是让"厚黑者"黑得更厚。读者在感受作者一针见血的真知灼见的同时，必定会自然地联想起那些他周围的人和他所经历的事。甚且其中找到医治上班恐惧症的药方。

王鼎钧考察人性最常用的方法就是将人物置于极境来进行他的人性试验，也就是让人物全无出路之时，再去看人物自身的表现以及周围人物的种种表演。实验所得的人性污点或许会让我们感到触目惊心，甚至悲观绝望。然而，这种黑色地带的表现,在王鼎钧眼中却化作对人性基色的理解与容受,他的骨子里典藏的人格风范永远是一个看破人间的长者,透彻一切的智者,在他有条不紊的叙述中,人性之恶已然化为人情之常。人情之常乃因为变通,变通是为了能在这个社会上更好地活下去:

> 面对规则时要心冷,但是不能心死。
>
> 人若不了解规则的弹性,若不能适应规则的变奏,他在社会上可能成为一个孤独的堂·吉诃德,对他、对社会未必是好。
>
> 每一个机构都有规则,每一套规则都造就两种人:狂者过之,狷者不及。

如果说在前人的作品中,人性善恶两元的展现是以恶来反衬善的美,突显善的可贵,从而体现人性的完整而丰富的话,那么在《随缘破密》中,作者冷静地揭示着人性的异化,人际关系的异化,人存在的荒诞与畸变,人性的"恶"在这本书的篇章中被淋漓尽致地展现,人性的"恶"则成了一种挥之不去的主要格调。或许有人以为人性在作者的笔下陷入了绝境，然而，在王鼎钧的意识中，人性之"恶"从道德层面评价是为世人所不齿，但从历史评价的角度而言，却无疑是一种进步的力量。历史是变化的，所以论世之事，因为之备，不知变通，就像守株待兔一样愚蠢可笑。作者启示我们思想必须适应新的情况，体制内的人们不被体制所规范。前已述及，君主在建功立业过程中违反道德是一种必要的变通，那么，臣子的变通之道呢？"人主在创业时需要人才，成功后需要使用奴才"，"与人才相处是很累的，与小人奴才相处则轻松愉快"，"功臣的自全之道是在适当时机自动变为奴才"，这就是变通。变通就要不断了解人性的思想、实事求是，与时俱进。哲学的本性在于求实和创新，给人以智慧，它教人寻找一种新的人生、新的文化理念和新的价值观念。在历史酝酿的巨变背后，如果个体不去努力适应它，就不免被社会抛弃。

　　王鼎钧对于人性的恶有着同情的理解。他理解这样的现象不仅是可能的，而且是必然的。并且，这种理论还有它客观的合理性及对历史发展的正面影响。

　　《随缘破密》全书展现了文明世界的真善美之神话荡然无存，剪除异己、避开忌讳、察言观色、以力服人、熟悉政治、战略手腕、黑暗、争斗、机心，一次再一次赤裸裸地展现在读者面前。作者通过精心设计的艺术表现手法，进而深掘人性丑恶的一面。德行成为我们的弱点，让他人有隙可乘；忍让是美德，却招来别人的得寸进尺。体谅别人、自我牺牲是美德，结果是别人对我们以怨报德。"今人正以惊人的速度消耗美德的资源"，这不禁使我们思考，抛弃道德是否可以让我们更容易生活？

或许读者会以为全书对人生和社会前途充满悲观的色彩，或者认为《随缘破密》是本新厚黑学，其实不尽如此。在王鼎钧笔下并不是一个完全没有希望的暗无天日的世界。作者的真正意图在于，通过对人性恶的描述，揭露人本身固有的缺陷，进而唤起人们了解自己的本性。虽然"变通"是适应复杂多变的人性的生存之道，但是，事物发展仍有自己的客观规律性，我们只有遵循客观规律，才能达到改造世界的目的。如果违反了它，必然要失败，他在《是虚线还是绊马索？》一文即在阐明这样的道理：

> 一个人，当他自己驾驶汽车的时候，他就是一个老板。而一个老板领导员工推进业务时，也好比

在驾驶一部汽车。他们都不能绝对遵守规则。

诚然,他们时时违犯规则,可是他们也不能完全抛弃道德,规则时时刻刻在他们心里,不管他是如何大开大合,他仍然围着规则打转。他长袖善舞,舞姿万千,但始终维持重心。

老板和驾驶人一样,他完全了解规则,他审度情势随时调整对规则的态度,他违反规则的时候也就是他温习规则的时候。所以,世界上虽出过多少英雄奸雄枭雄,做了多少离经叛道的事,但人世的若干基本规则不朽。

作者仍然认为"人世的若干基本规则不朽",此规则就是道德。道德价值对于中国古代士人阶层来说,始终是最主要、最核心的精神价值。当作者在承认人性恶的同时,仍然在呼唤着人性的复苏,呼唤人性的净化。在这本书的末篇《我将如何》,其副标题"道德是永远不散的筵席":

抛弃道德并不等于掌握罪恶,结果,既受道德的压力,又受罪恶的压力。

进入罪恶并不等于能享受罪恶,结果,不愿做道德的祭品,反而做罪恶的祭品。

一个人,倘若没有能力享受道德,他一定更没有能力享受罪恶。

"好人"如果厌倦了自己的角色,改充"反派",他会发觉:他空出来的位置被对方迅速占据。

作者仍然肯定道德的重要性与积极性,如果每个人都能自觉地从事主观上的净化,努力地抑制乃至根除人性邪恶的因素,那么,每个人就能成为被周围所信赖的人,整个社会就会少受挫折,加快进步的节奏。这就是曾经以不道德为手段而达成目的的"出格"者,最终必要"入格","在道德的盛筵中,他们绝不会缺席,不过往往迟到,而我们先到一步,有什么好抱怨的?"作者是一位清醒的现实主义者,他要批判人性弊端;同时,他又是一个理想主义者,坚信人类最终会克服自身的罪恶,在未来的社会中达到自我完美的实现。

王鼎钧人性的理解不是只停留在纯粹的善或纯粹的恶上,人性的善中不全尽是善,恶中也不全尽是恶。每一种正面的人格特质同时隐含着反面,而任何反面事物,必然有其正面价值。作者认为:"一个社会维持它的价值标准,靠真君子的身教和伪君子的言教",因为伪君子的优越性,乃为真小人所不及。伪君子越虚伪,他所用的言辞越生动周密,效果也越好,"有言者不必有德",有德与无德之人做事各人不一,但说的话却一样,不论世界如何黑暗,道德为上的一线光明摇摇不坠:

> 众生平凡,平凡的人需要道德,所以,大大小小的"王",除非他特别愚昧,仍然要把道德形象还给人民。他是羊群里走出来的虎,最后还原为羊,回归羊群。否则,众生,在他眼中牛一样的众生,就是恢恢的天网。所以,善良的人并没排错队伍。无论如何要坚守下去。

道德,产生于人的需要,它不是处处限制人们、束缚人们,而是一种使人生活得更美好、更完善、更符合人道目标的必要条件,或者说是达成成功目标密切相关的手段。王鼎钧他肯定了人性中的善具有主导作用,他要通过人性之善,去战胜、取代那人性中的恶,要让受到恶的诱惑或迷乱的人性重新复归为善,他认为即使在极大的恶人身上,也能表现出人性的闪光。在全书结束前,他特别引了席慕蓉《备战人生》的诗句"美德啊,你是我最后的盔甲",在此更流露出作者对道德回归的一丝希望与期待。由此我们可见,作者对人性之善仍充满希望,仍一直在污浊的社会环境中追求那"善"的人性微芒。因此,尽管现代化的人性特征繁杂,但其主体仍是道德的弘扬,道德的发挥。

解析生活中的种种对立对应的现象,揭示人性的复杂性与多重性,是《随缘破密》这本书成功的所在,也是耐人寻味的主要元素。王鼎钧的创作始终具有长远思想魅力的原因之一,是由于其意味深长的哲理内涵。文学作品,从一个角度看,可以划分为喜剧与悲剧两类。喜剧一般以人性善为依托,描写人类社会生活中的真善美。这种艺术表现手法,给人以美的享受,给人以力量和希望,其艺术效果易于在读者心中产生共鸣。悲剧往往以人性恶为创作基础,所揭示的显然不是真善美,而是社会生活中黑暗与邪恶的一面,但这并不意味悲剧是低品位的。不仅如此,以人性恶为题材的作品,经常比以人性善为题材的作品所反映的思想更为深刻。

对于这部作品，如果我们认真地品味，同样会领悟其中独具特色的艺术美，只不过这种艺术美不是浮在显而易见的表面，而是潜存在回味与反思的深层。

《随缘破密》以恶为创作母题，将社会真实人性赤裸的一面，大胆地展现在人们面前，既为散文创作开拓了新的题材领域，又为人们重新认识思考"恶"，提供了契机。

附注：

注1：廖玉蕙《到纽约，走访捕蝶人——散文家王鼎钧先生访问记》访问王鼎钧："从《开放的人生》、《人生试金石》、《我们现代人》的所谓'人生三书'开始，一直到《随缘破密》为止，您一直在文章中不讳言人间的诡诈虚伪。虽然有人以为文章真实地呈现世界，有助于年轻人及早认识世界是可喜的现象；可是，也有人因此批评您提早教导年轻人世故是残忍的行为，让他们太早失去天真。"由此可见王鼎钧的人生哲理著作，对于不能深究的读者

也许容易误解作者写作的原意,见廖玉蕙《走访捕蝶人》（台北：九歌出版社,二〇〇四年）。

注2：隐地《心回台湾》见王鼎钧《风雨阴晴——王鼎钧散文精选》（台北：尔雅出版社,二〇〇二年七月）,页二。

注3：引自雷耀发、卢晓光《议论的艺术》（北京：中国文联出版公司,一九八九年四月）,页五四。

注4：引自李和平《我的人性论观——从古代人性讨论中的问题说起》,《江西教育学院学报》一九九四年第一期,页五八至六四。

注5：欧金尼奥·加林《意大利人文主义》（北京：外国文艺出版社,一九九八年）,页七二、四八。

注6：同注4。

注7：刘知几《史通·人物》（台北：世界书局,一九七八年二月）。

注8：见《全唐文》卷六三五。

注9：老子《道德经》下篇五十七章,楼宇烈校释：《老子》《周易》王弼注校释（台北：华正书局,一九八三年九月）,页一四九。

注10：谭光辉《以怨报德的症候分析和人性启示——读王鼎钧的故事里套着故事》名作欣赏（二〇〇二年第四期），页十六至十八。

注11：《韩非子·八经》，见梁启雄《韩非子浅释》（北京：中华书局，一九六〇年），页一二一。

注12：欧宗智《揭开事实的矛盾——评王鼎钧〈随缘破密〉》，《书评》双月刊三十三期，页六一九。

黄雅莉，台湾师范大学国文研究所博士，现任新竹教育大学中国语文学系副教授。研究领域以古典诗学、词学、现代散文为主。

王鼎钧作品系列（第二辑）

开放的人生（人生四书之一）

本书讲做人的基本修养。如何做人？这个问题很"大"。本书用"小"来作答，如春风化雨，通过角度、布局、笔法各各不同的精彩短章，探悉人生的困惑，以细致入微的体察和智慧的省思，带给人开放、积极而平和的人生态度。

人生试金石（人生四书之二）

人生并不完全是一个"舒适圈"。由家庭到学校，再由学校到社会，成长要经历一个又一个挫折和失望。本书设想年轻人在逐渐长大以后，完全独立以前，有一段什么样的历程。对它了解越多，伤害就越小；得到的营养越丰富，你的精神就越壮大。

我们现代人（人生四书之三）

在传统淡出、现代降临之后，应该怎样适应新的环境和规则，怎样看待传统的缺陷？哪些要坚持？哪些要放弃？哪些要融合？现代人需要怎样的标准和条件，才能坚忍、快乐、充满信心地生活？作者将经验和思索加以过滤提炼，集成一本现代人的安身立命之书。

黑暗圣经（人生四书之四）

这是一本真正的悲悯之书——虚伪、狡诈、贪婪、残忍，以怨报德，人性之恶展现无遗，刺人心魄。但是，"当好人碰上坏人时，怎么办？"，这才是"人生第四书"的核心问题。它要人明了人之本性，懂得如何守住底线，趋吉避凶。而且断定，即便有文化的制约，道德也是永远不散的"筵席"。

作文七巧（作文五书之一）

世界上优秀的作品都需要性情和技术相辅相成，性情是不学而能的，是莫之而至的，人的天性和生活激荡自然产生作品的内容，技术部分则靠人力修为。——基于这样的认知，作者将直叙、倒叙、抒情、描写、归纳、演绎、综合汇成"作文七巧"，以具体实际的程式和方法，为习作者提供作文的捷径。

作文十九问（作文五书之二）

"作文一定要起承转合吗？""如何立意？""什么才是恰当的比喻？""怎样发现和运用材料？"……本书发掘十九个问题，以问答的形式、丰富的举例，解答学习作文的困惑。其中有方法和技巧，更有人生的经验和识见。

文学种子（作文五书之三）

如何领会文学创作要旨？本书从语言、字、句、语文功能、意象、题材来源、散文、小说、剧本、诗歌，以及人生与文学的关系等角度，条分缕析，精妙点明作家应有的素养和必备的技艺，迎接你由教室走向文坛。

讲理（作文五书之四）

本书给出议论文写作的关键步骤：建立是非论断的骨架——为论断找到有力的证据——配合启发思想的小故事、权威的话、诗句，必要的时候使用描写、比喻，偶尔用反问和感叹的语气等——使议论文写作有章可循，不啻为研习者的路标。而书中丰富的事例，也是台湾社会发展的一面镜子。

《古文观止》化读（作文五书之五）

作者化读《古文观止》经典名篇，首先把字义、句法、典故、写作者的知识背景、境况、写作缘由等解释清楚，使文言文的字面意思晓白无误，写作者的思想主旨凸显。在此基础上推进，分析文章的谋篇布局、修辞技巧、论证逻辑、风格气势等，使读者能对文章的优长从总体上加以把握、体会。最后再进一步，能以博学和自身的人生境界修为出入古人的精神世界，甚至与古人的心灵对话，此尤为其独到之处。